LA CLEF D'OR,

OU

L'ASTROLOGUE FORTUNÉ DEVIN;

TRADUIT DE L'ITALIEN

D'ALBUMAZAR DE CARPENTERI

NOUVELLE ÉDITION

Augmentée des Nombres sympathiques, des payens de chaque Numéro, de leurs ....aires, du Jeu des pairs et impairs et des Numéros des Maréchaux

Par M. PEREGRINUS.

A LYON,

Chez MATHERON, Libraire, rue Mercière, N. 16.

1832

LA CLEF D'OR,

ou

L'ASTROLOGUE FORTUNÉ DEVIN,

Contenant une liste générale de tous les Arts, Songes et Visions nocturnes, avec les noms des choses, et les Numéros auxquels elles se rapportent, pour s'en servir aux tirages de la Loterie Royale de France.

TRADUIT DE L'ITALIEN

D'ALBUMAZAR DE CARPENTERI.

Enrichi de 90 figures, qui expriment les Arts, les Animaux, et tout ce qui peut correspondre aux 90 Numéros :

Y joint la Figure Pentagone pour la Cabale mathématique.

NOUVELLE ÉDITION,

Augmentée des Nombres sympathiques, des payans de chaque Numéro, de leurs adversaires, du Jeu des pairs et impairs et des Numéros des Nameluchs.

Par M. PERÉGRINUS.

Sur l'Imprimé de Venise.

LYON.

MATHERON, LIBRAIRE, RUE MERCIÈRE, N. 16.

1832.

AVIS.

Il existe un grand nombre de livres de rêves, qui tous ont été tirés de celui-ci, et où on a tronqué, augmenté ou diminué la véritable interprétation des songes et des numéros auxquels ils se rapportent; mais je préviens le public que l'Édition que je lui offre, est la seule conforme au véritable italien du célèbre CARPENTERI, et que toutes celles qui ne porteraient pas mon nom, sont susceptibles d'erreurs très-préjudiciables.

J. Matheron

Servez-vous, mon cher Lecteur, de ce petit livre avec profit; mais n'oubliez pas que les véritables richesses, c'est Dieu qui les donne. Il me reste à vous souhaiter toute sorte de biens, et c'est ce que je fais.

LE TRADUCTEUR,

AUX AMATEURS

DE LA

LOTERIE ROYALE

DE FRANCE.

Quoiqu'on en dise sur le compte de la Loterie Royale de France, il faut pourtant convenir que c'est une porte toujours ouverte au bonheur; car enfin, c'est par cette Loterie seule qu'on peut faire sa fortune subitement, à peu de frais et honnêtement. Les quatre-vingt-dix numéros qui sont dans la roue de fortune, ne sont pas en si grand nombre qu'ils puissent nous ôter toute espérance probable d'en deviner quelques-uns. Le jeu n'est que de cinq contre quatre-vingt-cinq : il y a donc toujours 5 numéros gagnans à cette Loterie.

Or, si la probabilité n'est pas si éloignée, comme quelques-uns mal instruits de la qualité de la Loterie Royale de France se l'imaginent, il y aurait certainement de la faiblesse d'esprit dans la façon de penser, si l'on négligeait d'en profiter par des mises; lesquelles, toutes fortes qu'elles puissent être, ne pourraient jamais déranger l'économie d'un chacun, lorsqu'elles sont faites à proportion de ses forces, comme elles pourraient bien le faire changer d'état subitement par le gain considérable qu'elles peuvent lui apporter. Il s'agit donc de deviner les numéros gagnans pour faire son bonheur. Mais comment, dira-t-on, les choisir, si c'est le pur hasard qui les fait sortir de la roue de fortune ? Non, Messieurs, ce n'est pas le hasard qui les réunit dans le moment de leur tirage, car si cela était, pourquoi, je vous demande, Messieurs, dans les quatre-vingt-dix numéros, il y en a quelques-uns qui sortent plus souvent que les autres, et un numéro plus volontiers avec un tel autre ? Jetez, s'il vous plaît, les yeux sur les tirages, et vous verrez, s'il n'y a pas de certains numéros plus heureux les uns que les autres, et plus sympathiques les uns avec les autres. Serait-ce donc le hasard qui, susceptible d'une inclination pour un numéro plutôt que pour un autre, se plairait, dans le moment du tirage, à diriger la main de l'enfant pour saisir ces numéros qu'il a honorés de sa prédilection ? Mais un tel raisonnement n'est-il pas opposé à la bonne philosophie qui règne dans ce siècle si éclairé ?

Les Italiens, grands calculateurs et guidés par la réflexion, qui est leur partage, ne se laissent pas aller si légèrement à croire que c'est le seul hasard qui règle les tirages de la Loterie. Ils sont très-persuadés que ce serait de même que d'avoir toujours l'imagination altérée, si l'on croyait que le pur hasard eût part aux événemens des Loteries;

aussi songèrent-ils sérieusement aux moyens d'en profiter, dès qu'ils virent paraître un jeu qui leur promettait à peu de frais des avantages considérables. La persévérance à toute épreuve des Italiens à suivre donc constamment une Loterie qui est même répandue dans les plus petites villes de ces agréables contrées, doit bien nous convaincre qu'ils en tirent du profit, et que leurs règles de s'y prendre sont des plus probables ; car une nation qui n'agit que par une profonde réflexion, malgré ce que l'on dit de son peu de progrès dans l'école du bon goût, il y a long-temps qu'elle aurait renoncé à un jeu où toute réflexion est inutile, lorsque le hasard y préside. Quelles sont donc ces règles dont les subtils Italiens se servent pour faire leurs mises avec toute la probabilité possible ? Les règles des Italiens, Messieurs, sont les mêmes qui leur ont été tracées par le fameux *Pic de la Mirandole*, *Cornélius Aggripa*, *Benincasa*, et sur-tout par le savant *Albumazzar*, après les précieux manuscrits des anciens Arabes : c'est la science des Songes et des calculs. Si ces grands génies se sont amusés à des études frivoles, j'en laisse le jugement à ceux qui se croient plus savans qu'eux ; mais comme l'expérience fait voir journellement que c'est par ces règles qu'on gagne le plus souvent à la Loterie, je n'entrerai point ici à discuter si c'est un préjugé que de suivre l'interprétation des songes et les calculs pour faire les mises en conséquence, ou bien un moyen dont il plaît à l'Au-

A 3

teur de tout, de nous combler de ses bienfaits.
A l'égard des calculs, on peut s'en convaincre
par l'évidence de leurs résultats dans les cabales
suivantes; et à l'égard des Songes, on sait bien,
Messieurs, que les anciens Egyptiens, Chaldéens,
Grecs et Romains, estimaient et observaient avec
tant de scrupule les Songes, par l'expérience qu'ils
en avaient, qu'étant à peine éveillés, ils allaient
trouver les Devins pour apprendre la signification
des choses qu'ils avait rêvées en dormant. Comme
ces Devins, par l'étude profonde qu'ils avaient faite
sur le rapport qu'ils apercevaient entre les Songes
et les actions des Rêveurs, lesquels bien souvent
se réalisaient dans la journée, furent à portée d'en
faire leurs remarques, et de les transmettre à la
postérité. C'est donc de leurs manuscrits que les
Auteurs ci-dessus cités ont pris les règles pour
combiner la liaison que les Songes peuvent avoir
avec les numéros de la Loterie, et qu'ils ont ren-
dues publiques par le moyen de l'Imprimerie,
disant: A l'égard de la qualité des Songes, ceux que
l'on fait au commencement du sommeil, lorsque
l'esprit est libre des pensées et des occupations du
jour, et qui sont causées par les vapeurs de la
nourriture, qui montent au cerveau et qui occa-
sionent différentes représentations fantastiques
dans l'idée, ne doivent pas être regardés comme
de vrais Songes, et on n'y doit faire aucune attention. On appelle vrais Songes ceux qui se font
après la digestion, lorsque la chaleur naturelle

ayant consommé la matière qui absorbait la mémoire, l'esprit se trouve en ce moment tranquille,
et étant dégagé de la contrainte où il était aupa-
ravant, il devient plus actif et vigoureux. C'est donc
à ces Songes qu'il faut donner notre attention pour
les combiner avec les numéros de la Loterie Royale
de France, et en faire les mises en conséquence;
car y a-t-il quelqu'un dans le monde qui, tout
dépouillé qu'il soit des préjugés, ne soit pas dans
le cas d'avouer qu'il a fait dans le courant de sa vie
des Songes qui se sont vérifiés et réalisés dans la
journée? Pour les convaincre encore davantage,
je pourrais citer ici les Songes d'*Annibal* de Car-
thage, d'*Alexandre-le-Grand*, du roi *Crésus*, d'*Al-
cibiade*, d'*Auguste*, empereur des Romains, et de
tant d'autres que l'on peut voir dans les Jugemens
des Songes du célèbre *Arthémidorus*, ancien Auteur français; mais je finis par dire aux Amateurs
de la Loterie, que j'en suis un, et peut-être un
des plus zélés; et si j'y ai gagné quelquefois, ce
fut en suivant l'interprétation des Songes et les calculs des Cabales; en sorte qu'encouragé par l'expérience, j'ai cru rendre service au Public en lui
donnant une traduction fidèle et exacte des règles
dont les Italiens se servent pour faire leurs mises.

On trouvera donc dans ce petit volume une Liste
alphabétique de tous les mots qui peuvent avoir
du rapport aux numéros de la Loterie Royale de
France, avec l'explication des Songes, disposée
aussi par ordre alphabétique, et suivie par les
quatre-vingt-dix figures gravées et allusives aux

quatre-vingt-dix numéros ; ensuite on trouvera différentes Cabales de bons auteurs par le moyen desquelles on pourra former des calculs assez exacts
pour tous les tirages à l'avenir ; suivies d'une liste de
tous ceux qui ont été faits depuis son établissement.

J'espère que le public, en suivant ces règles,
pourrait bien arrêter pour un instant cette roue
fatale de fortune qui tourne sans cesse, malgré
les vœux ardens des mortels qui courent après,
et me savoir bon gré de lui avoir indiqué les moyens
de s'enrichir rapidement et à peu de frais ; en sorte
que sa prompte fortune ne soit pas un Songe, mais
un bon songe qui ait fait sa fortune solide.

Prosperiora ferant Dii : nec sint somnia dura !

Fasse le ciel qu'heureux
Puissent être vos songes ;
Et quand ils sont fâcheux,
Qu'ils soient alors mensonges !

*Nombres sympathique et angélique pour chaque mois
de l'année.*

Mois.	Sympathiques.	Angéliques.
Janvier.	17	22
Février.	41	17
Mars.	16	46
Avril.	22	16
Mai.	19	26
Juin.	26	45
Juillet.	58	14
Août.	46	13
Septembre.	66	19
Octobre.	18	15
Novembre.	29	66
Décembre.	47	51

LISTE GÉNÉRALE,

Disposée par ordre alphabétique de toutes les choses rêvées qui ont du rapport aux Numéros de la Loterie Royale de France.

Abandonner, 3 27 75
abandon, 33 75
abattre, abattu, 5 32
abbé et abbés, 6 38 44
abbé régulier, 43
abbaye, 73 85
abeille ou guêpe, 54 86
abeille faisant du miel, 3 80
abbesse ou supérieure de couvent, 72
abîme ou abîmer, 3
aboiement de chiens, 54
abominables choses, 43
abondance quelconque 2
abricots, 60
abricotiers, 2 90
absence, 6
absenter, 88
abstinence, 7 15
absynthe, 7
académie, 61
académicien, 56
académiciens 60
accaparer. 88
accaparement, 35
acclamations, 21
accouchement heureux, 78

accouchement fâcheux, 77
accueil favorable 18 54
accueil mauvais, 45 81
accueillir, 54
accusation, 29
achat, ou acheter, 18
acquisition de biens, 6 18
âcreté, 1
acteur, 27
actrice, 25
Adam et Eve, 24 49 51
admirer une chose, 2
adonis, 1 56
adorer des statues, 4 65
adoration et adorer, 4
adopter, adoption, 6 12
affabilité, 55
affable, 55
affaires, 16 38
affamé, 29
affiche, 15
afficher, 51 83
afficheur, 20
affliction et peines, 3 17
affliger, 51
affaiblir et affaiblissement, 31 42

B

B 2

B 3

burin,	15 58	butor,	18
buriner,	14 20	butorde,	21 58
burlesque,	2 7	butter,	77
busc,	8 24	buveur d'eau,	19
buste de marbre,	4	buveur,	20
but,	12 36	buvette,	25 85
buriner,	7 60		

CAbale pour la loterie,		canne, bâton,	1 22
	33	canne à pomme d'or,	22
cabane,	2	cannelle,	72
cabaret,	79 84 90	canif,	36
cabaretier,	19 55	canon,	10
cabriole,	17	canonnade,	90
cabriolet,	15	cantharide,	60
cabrioler,	31	capillaire,	82
cachet et cacheter,	18	capital,	13
	71	capitaine,	8 14 47
caca,	77	caporal,	12
cachot,	29	capote,	55
cadavre,	61	capuchon,	13
cadran,	5 11 28	capucins,	25
café,	73 86	capres,	27 30
cafetier,	44	caraffe et caraffes,	88
cage,	6 51 70		89
cage avec oiseaux,	6 85	carcan,	71
calcul et calculer,	5 60 79	carcasse,	25
calice,	36	cardeur de laine,	27 84
cailles,	40 80	cardes de poirée,	44
caisse,	14 42	cardinal,	15 50
calfeutrer,	2	cardinaux,	59 72
calomnie,	58	cardon,	4
calme de mer,	42	carnage,	49
calote,	53	carnaval,	12
campagne et bois,	9	carreaux,	5
	26 65	carrosse,	22
canal et canaux,	47 38	carrotes,	55 47
canne, roseau,	60	carton,	20

carillon de cloches,	46	censeur,	89
carpes vives,	10	censure,	9 89
carpes frites,	11	censurer,	44
carpes à la matelotte,	89	centaine,	85
cartes à jouer,	55	centurie,	70
casaquin quelconque,	14	cep,	39
cassation,	28	cerceau,	70
casernes,	71	cercle d'or,	80
castor,	80	— d'argent,	41
catafalque,	45	— de tonneaux,	70 81
catalogue de livres,	56	cercler,	34 43
cataracte,	10	cerclier,	57
catéchisme,	83	cercueil,	72 84
cathédrale,	40	cérémonie,	70 84
cavalcade,	5	cerf,	12 60
cavaliers,	89	cerfeuil,	2
cavalerie,	12	cerf-volant,	17
cave,	6	cerises,	79 82
cave de pierres,	40	cerisier,	25 52
caveau,	17	cerveau,	22 29
caverne,	81	cervelle,	1 20
cautère,	61	céruse blanc,	34
cèdres, arbres,	12 40	chaise, voiture,	23
cédrats,	21	chaise,	52
ceindre,	72 77	chaise percée	7
ceinture,	20 84	chaleur	19
ceinturon,	8 20	champ de bataille,	29
ceinturonnier,	8 81	champ labouré,	28
célébrant,	1 34	champ de fleurs,	25
célèbre,	43 58	champ de fruits,	20 51
céleri,	12 29	chambre, chambrette,	
célestin,	30 55		10 42 68
célibat,	27 72	chambre garnie,	4 12
cellier,	33 85		39
cellule,	11 21	champignons,	4
cénacle,	60 72	chambellan,	65
cène,	14 25	chancellerie,	27
cène bénite,	8 18	chancelier,	86
cens,	4 54	chandelle,	13 74

couleurs de modes,	15	crapaud,		46
coup de vue,	24	crapule,		5
coup quelconque,	8	cravatte,	6	10
coup de couteau,	12	crayonner, crayon,		21
coup d'épée,	16	créancier,		20
— de pieds,	10	crême,		72
— de bâton,	60	crépuscule,		63
coup de fusil,	61	crête,		48
— de pistolet,	82	crible,		75
coupe et soucoupe,	82	crier au voleur,		28
cour de maison,	2 8	crieur de rue,		75
coureur,	6 36	crime et criminel,		27
courges,	66 68	cristal, cristaux,	11	90
courir,	39 69	croc et crochet,	7	12
courir la poste,	39	crocheteur et porte-faix,		
courrier et postillon,	39		2	12
	80	croix d'or et de perles,		
couronne et couronner,				12
	28	croix de pierres,	30	34
course de chevaux,	76	croupion,		89
courtisan de filles,	11	cruauté,		87
	39	cruche,	26 55	90
cousin et cousine,	21	crucifix,		25 46
cousin, moucheron,	11	cruel,	87	89
	51	cueillir des fleurs,		67
couteaux,	2 41	cuillers,	26	85
coutume,	28	cuillers-à-pot,		10
couturière en robes,	11	cuire,		25
couturière en linge,	4	cuir,	50	58
	18 40	cuirasse,	70	77
couvent de moines,	80	cuisine,		58
couvent de filles,	79	cuisinier,	25	55
couvercle,	10	cuisses,	41	45
couverture,	40	cul,		25
couverture piquée,	90	culottes,		5
crachat,	58	culottier,		89
cracher,	22	cultiver,		50
crainte et frayeur,	27	culture,		77
crâne,	11 80	cupidon,		61

C

Eau bénite,			22	échine,	46 51
eau claire,	1	14	26	écho,	11
eau trouble,			62	échoir,	38
eau de la reine,			1	éclair,	29 86 83
eau de senteur,			55	éclaircir,	86
eau-de-vie,	53	65	85	éclairer,	12 21
eau quelconque,			72	éclat de bombe,	30
éblouissement,		15	18	éclat de bois,	79
ébauché,		15	31	éclat de pierre,	51
ébaucher,		72	74	éclater,	18 81
ébène,	28	48	78	ecclésiastique,	48
ébéniste,			84	éclipse de soleil,	9
éblouir,		1	71	éclipse de lune,	19
éboulement,		9	68	éclipser,	22 42
ébrancher,		4	64	écolier et école,	4 60
ébranler,		19	72	économe,	18 24
écarlate,			11	écorcher,	66
écart,			19	écorcheur,	66 69
écarteler à 4 chevaux,			72	écorce quelconque,	11
écarter,			35	écot,	30 49
échafauder,			26	écoulement pour les	
échafaud,			39	eaux,	16 82
échalas,			62	écouter,	20
échalottes,			43	écraser,	13 21
échanges,			76	écrevisse,	14 62
échanson,			90	écriture,	26
échantillon,			70	écrivain et écrire,	32
écharper,		15	30	écritoire,	59
écharpe,			35	écrouelles,	54
échaudé,			72	écu, des écus,	19
échauder,			41	écueil,	77
échauffer,			50	écuelles,	41
échelle,			4	écureuil,	36
échéance de billet,			69	écuyer,	9
écheveau,		18	51	écurie,	80
échevins,		9	25	édifice,	42

C 5

exil,	56	extrait de loterie,	59 88
exorciser,	1 14	extrait quelconque,	17
extase,	56		

Fable,	26 50	farder,	45
fabrique,	12	farine,	10 52
fabrique d'étoffes,	7	farine de fèves,	67
fabrique de papier,	4	farinier,	60
fabricateur,	26 50	faste,	20
façade,	1	fatalité.	75
face,	8	faucon,	80
fâcherie,	6	fautes,	78
fâché, aigri,	41	fauteuil,	4
facteur de campagne,	82	faustine,	31 68
facteur d'orgue,	19	faussement,	1
fagots,	82	faux et faucille,	53
fagotier,	68	fée,	31
faïence,	64	femme,	21
faim,	19 80	— de chambre,	60
faire l'amour,	87	— de charge,	71
faiseur de brides,	86	— à la toilette,	35
faiseur de bas,	31	— qui file,	22
faiseur de peignes,	5	— enceinte,	65
faiseur de ceintures,	8 20	— en couche,	27
faiseur de ciseaux,	18	— nue,	35 59
falsification,	1	— jolie,	4
fanal,	50	— laide,	5
fanaux,	62	— bien mise,	89
fange, boue,	28	— drue,	5
fantaisie,	14	fendre, fente,	80
fantassin,	1	fenêtre,	68
fantôme,	59	fenêtre garnie de barreaux,	88
faquin,	19	fenêtres petites,	10
farce,	10	fenouil,	10 47
fard,	18 40	fenouil de vigne,	5
fardée,	55	ferme,	33
fardeau,	51		

fermier,	90
fer quelconque,	58
fer à cheval,	18
ferrer les chevaux,	25 56
fesse,	46 64
fesser,	24 33
festin,	48 49
festonner,	5
fête,	20
feu,	2 14 20
feu d'artifice,	80
feuilles,	12 30
feuilles de papier,	15
	55
ficelles,	19
fichu quelconque,	18
fidèle, fidélité,	5 7 16
fiel,	3
fiente, merde,	54
fierté,	7
fièvre,	18 28 78
fièvre étique,	30
figues,	4 59
figues sèches,	12
figues de dattes,	58
figures,	25
fil d'or,	34
— d'argent,	53
fil quelconque,	11
filer,	30
filets,	2
filles,	70
fille jeune,	80
fille vierge,	6
fille du monde,	79
fille d'enfant,	60
filleul,	26
filleule,	61
filou,	14

fils, enfant,	60
financier,	7 75
fiscal et fisc,	59
fistule,	1
flacons de vin,	45
flacons de senteurs,	8
flagelleur,	5
flambeaux allumés,	15
	23
flamme,	20 80
flatter,	5
flatteur,	11 35 57
fléaux,	3
flèches,	85
flegmatique,	20
fleuriste mâle,	58 61
— femelle,	59
fleurs fraîches,	40
fleurs sèches,	12 84
fleurs d'orangers,	37
fleurs diverses,	81
fleurs artificielles,	84
fleurer,	8
fleuret,	59
fleuve,	2 20
fleuve avec marchandises,	30
flocons de neige,	90
foi, bonne foi,	4
foie de porc,	52
foie quelconque,	45
foin,	16 26
foire,	65
folie,	64
fondement,	80
fondre, fondu,	2
fontaine,	50 76
forçat,	69 80
force,	45

Gabelle,	80	gâteau,	18 40
gadouard , vidangeur,	33 64	gâteau commun,	40
		gaufre,	1
gage, caution,	78	gaufrier,	24
gageure,	50 63	gayac,	57
gagui,	66	gaze ,	16
gaité,	80	gazette,	2 51
gaillard ,	55	gazon, verdure,	8
gain,	80	geai ,	22
gaîne,	89	géant,	89 90
galant,	15	géante,	16 37
gale et galeux,	5 10	gelée, froid,	4
galère,	1 53	gelée à manger,	5
galerie,	39	gelinote,	63
galériens,	69 80	gémir,	14
galoche,	64	gendre,	20 50
galon, d'or,	62	généalogie,	55
— d'argent,	54	général d'armée ,	90
— de soie,	86	générosité,	40
gangrène,	2	gêner,	7
ganif,	7 43	genêt, —	32
gants,	2 62	génie,	71
gantier,	4 31	génisse ,	31
garçon,	36	gentils,	9
garçon petit,	15 20	gentillè,	4
garçon de chevaux ,	7 67	gentilhomme,	61
garde, soldats,	79	genoux,	68
garde-malade,	32	géographe,	14
garde d'épée,	40	géographie ,	80 84
garde-robe,	67	geolier,	26
gardien de couvent de moines,	6 37	géomètre,	7 9
		géométrie,	7 9
— de brebis et de chèvres,	53 57	gerbes de paille ,	11
		gerle pour le pain ,	67
garnison,	77	gibecière,	5
garniture quelconq.	17	gibet,	39 74

hallebarde ,	46	hirondelles ,	45 85
hameçon ,	23	hiver ,	2
hanneton ,	28 49	homme et femme ,	1 58
harengs frais ,	10	homme à cheval ,	2
harengs salés ,	17	— à pied ,	2 24
harpe , en jouer ,	5 64	homme de la maison ,	
hauteur , haut ,	39		2 26
hémorroïdes ,	16	hôpital ,	33 75
herbes ,	11 63	horloge ,	21
herbe odoriférantes ,	88	horloger ,	9
héritage , héritiers ,	58 90	horoscope ,	15
hermaphrodite ,	21	hospice ,	1 9
hermite ,	57	hostie ,	50 61 75
hermitage ,	90	hotte ,	8 45
heurter ,	16	houppe ,	1
hibou ,	2	huguenot ,	6 24 40
hydre ,	5	huile ,	8 9 16
hydropique ,	8	huître ,	40 50
hydropisie ,	34	hussard ,	25

		incendie ,	4 8
Idoles ,	22	inceste ,	14
idolâtrie ,	71	inclination ,	4
illuminations ,	20	inconstance ,	57
image ,	60	indifférence ,	5
imbiber ,	13	indigestion ,	2
immobile ,	25	indiquer ,	4
immortalité ,	1	infusion quelconque ,	4
immortel ,	1	ingénieur ,	75
impatience ,	38	ingratitude ,	17
impératrice ,	41	inimitié ,	17
impertinent ,	14	injures ,	16 62
imposer ,	40	injustice ,	8
impositions ,	36	inondation ,	62
improviser ,	2	innocent ,	11
imprudence ,	15	inquiétude ,	10
imprudent ,	18	inquisition ,	71
impuissant ,	25	insensible ,	49 50
impuissance ,	26 72	insinuation ,	25

D

lanterne,	19	49	lierre de muraille,	56
lapins,	20	60	ligne,	33
laquais,	6	90	lilas,	1
larcin,		48	limaçons,	9 72
lard,	52	73	limande,	17
lardons,		11	lime,	19
larmes,	5	69	limonadier,	78
lassitude,		60	limon, boue,	61
lavande,		39	lin,	11
lavoir,		79	linge en quantité,	43 65

laurier et couronne de linge de table, 75

laurier, 70 linge de corps, 81

lécher, léchefrite,		5	linier,	1
légèreté,		15	lion et lionne,	21 52
législateur,		35	lionceaux,	42
légumes,		88	liqueurs,	63
lentes,		9	lire,	6
lenteur,		5	liste quelconque,	70
lentilles,		41	lits,	27 45
léopard,		57	lits garnis avec rideaux,	
léthargie,		60		68
lettres,	2	62	littérateur,	1
lessive,		81	livres et livres,	7 47
levier,		81	livrée,	48
levreaux,		5	loge,	50
lèvres,		39	loger,	90
libérateur,		1	Loire, rivière,	7 11
liberté,		74	lois,	24
libertin,		41	loquet,	52
libertinage,		60	lot, gros lot,	5
libre,		70	loterie,	5
libraire,		24	louage,	10
librairie,		47	louange,	22 76
licou,		75	louche,	11
licol, bridon,		24	loucher,	89
liége.		18	louis d'or,	24
lièvre,		50	loup,	21 42
lieu de débauche,		5	loupe,	50
lieutenant,		29	lourd,	65

D 3

Quarré, 4
quais, courir les quais, 64
qualité quelconque, 11
quartier de soldats, 12
quartier de la ville, 60
quartier d'agneau, 71
quartaine fièvre quarte, 28
quarantaine, 75 74
quatuor de musique, 6

quenouille, 8
querelle, 50
question, demande, 4
question, tourment, 59
queue, 6 9
quilles à jouer, 1 51
quinquina, 1
quincaillerie, 64
quittance quelconq. 2
quitter quelqu'un, 9 59

Rabats, 10
raboteux, chemin, 65
racine et racines, 21
racines de fleurs, 17
radoter, radotage, 5 21
rafiner, 9
rafraîchissement, 87
ragoût, 19
raifort, 1 11
raie, poisson, 54
raillerie, 7
raisin, 19 50
raisin frais, 20 45
raisin sec, 24
raisin blanc, 52
raisin rouge, 45
raisiné de Bourgogne, 51
raison et raisonner, 15
rajeunir et rajeunisse-
    ment, 2
ramage d'oiseau, 6
ramasser quelque chose, 71

rameaux d'olivier, 40
rameurs, 25
ramoneur, 60
rancune, 14
râpe, 28
râper, 50
raser et rasoir, 56
ratafia, 88
rateau, 75
rats de cave, 51
ravage et ravager, 85 86
ravine d'eau, 72
ravir et ravissement, 82
rayons du soleil, 1 11
rebelles, 51
rebellion, 15
recette, 70
réchaut, 56
récompense et récom-
    penser, 65
recteur, 41
recueillir, 48
redingote, 5

E

roue quelconque,	3	23	rue et ruelle,		3
rougeole et rougeurs,			ruine et ruiner,		70
	9	79	ruisseau,	9 18	66
rubans,		15	rupture,		18
rubis,		7	rusé et rusée,	14 61	71
ruche,		55			

Sable,		1	sarrasin,			47
sablon,		49	satyre,		2	84
sabre,		55	satyrique,			46
sac et sacs,		15	sauce,			46
sacre,		6	saucisse, saucisson,			5
sacrilége quelconque,		55			6	31
sacristain et sacristie,			sauge,			11
	15	81	saumon,			8
safran,	5	76	savetier,		57	50
sage-femme,	22	48	savon,			18
saigner du nez,	18	21	savonner,			8
saint et sainte,	8	40	savonnette à odeur,			18
salade,		18	saut, sauteur,			58
salle et salon,	6	44	sauter,			15
salut,		1	scandale,			59
saluer,	1	55	sceau,			25
samedi,	14	17	sceptre,			1
samson,		88	scènes,			52
sanctuaire,		5	scélérats (bande de),			27
sang,		18	scellés,			12
sanglier,	28 47	52	scier et scieur,		8	48
sanglots,		5	sculpteur,		52	78
sangsue,		3	sculpture,			79
sans-culottes,		56	séance,			2
sansonnets,		22	séculier,			54
santé, (bonne,)		15	sécheresse,		16	74
santé, (mauvaise,)		27	secret, mystère,			78
sapins,		11	secrétaire,		75	85
saper, sape,	7	50	secrétariat,			46
sardines,		41	sein,			8

E 2

spectacle, aller, au spec-tacle, 64
squelettes, 5 14
statue, 55 66
stupide et stupidité, 84
suc; 75
successeur, 55
succession, 80
suaire des morts, 2 47

suisse, 8 90
sucre et sucrer, 19
suicide, 90
suer, 65
suie, 3 85
surtout, 48
sureau, 86
surprise, 82

T abac, 7 45 70
table, 86
table servie, 44 47
tables de chambres, 8
tablettes, 45 62
tablier, 17
tabourets, 4 44
tâche, 84
tacher, 48
taffetas, 50
taille, 84
tailleur, 20 58
tailleur de pierres, 9 14
tailloir, 7
tambour, 15 19
tanche, 7
tanneur, tannerie, 15 59
tapis, 4
tapisserie, tapissier, 24
45
taquinerie, 22
tarentule, 10 26
tarif, 1
tartufe, 84
tasse, 12 18
tasse de cristal, 11
tasse à café, 60 70

taupes, 1 11
taureau, 47 56
taureau furieux, 56
teigneux, teigne, 78 89
teinture, 17 58
teinturier, 1 22 49
témoin, 51 77
temps, (beau,) 6
temps, (mauvais,) 85
tempête, 56
tenaille, 16 50
tente, 54 59
tenture, 16
terne à la loterie, 77
81 90
terrasse, 11 21
terre, 11
terreur, 47
terrines, 50
testament, 57 82
testicules, 88
tête coiffée, 54
— d'homme, 54
— de femme, 17
— d'animal, 77
têtes de morts, 5
teter et tetons, 5 8

E 5

| vidangeur, | 9 27 | urine et uriner, | 50 45 |
| ulcères, | 5 90 | usure et usurier, | 59 69 |

Zéphir,	.	70	zone,	90
zéro,		6	zodiaque,	87
zigzag,	.	5 55	zonzon,	1 90

RÉSUMÉ

DE TOUTES LES CHOSES RÉVÉES,

Et placées chacune par ordre alphabétique, sous le Numéro auquel elles ont rapport.

Acreté, adonis, aiguilles à coudre, ami et amie, architecte, avaler quelque chose, bougie, bourreau, brebis, brelan, broche, brodeur, busc, cane, cigne à poudrer, chaos, chapeau, cheveux, coiffer, coiffure, concevoir, concombre, dez à coudre, diarrhée, Dieu, distribuer du pain, doigt et doigts, domestique, eau claire, eau de la reine, eau quelconque, enfant et enfans, enfant nouveau-né, enragé, entrée, entrepreneur, éperon, épées, épée nue, épines, épingles, éternuer, étoupe, éventrer, exécuteur de la haute justice, exorciser, façade, falsification, fantassin, fistule, fourreau quelconque, fuseau, galère, gaufre, gluant, gosier, haleine, homme et femme, houpe, immortel et immortalité, jaser et jaserie, jet d'eau, lait de chèvre, lait à la crême, lame d'épée, libérateur, lilas, linier, marchand de chapeaux, matelas, mer, musc, nécromant, hospice, peigner, perruque, pincer, pilon, poignard, préférence, donner la préférence, promettre, quilles à jouer, quinquina, raifort, rayons, régiment d'infanterie, rêve et rêverie, roitelet oiseau, sable, salut, saluer, sceptre, simplicité, seringue et seringuer, soleil, tarif, teinturier, tocsin, sonner le tocsin, vache et vaches, vagissement d'enfant, venaison, verge et verges, voiturier.

2

Abondance, admirer quelque chose, amour et faire l'amour, associé, blanchisseur et blanchisseuse, bourse, avec de l'argent, buffet vaissellier, cabane, cerfeuil, chanteur, chemise et chemises, chenilles, chèvres, chevreuil, chicorée, coiffer et coiffure, comte et comtesse, couteaux, cour de maison, crochéteur et portefaix, distribuer de l'argent, divinité, distique, druide, engraisser, escouade du guet, feu, filets, fondre et fondu, frein, gants, gangrène, giroflée, glands, gosier, gravure en cuivre, grillot, groseille rouge, guet à cheval, guet à pied, hibou, hivers, honneurs de la maison, improviser, indigestion, jasmins, jus de citron et de cédrat, lacque rouge, lettre et lettres, militaire, musique et musicienne, monteuse de bonnets, mouchard et moucharde, noyer, et rêver de se noyer, oraison, papetier, plaindre, se plaindre, plaider et plaidoyer, pommes, présent et en recevoir, projet et en faire, quittance quelconque, rajeunir et rajeunissement, réforme et réformer, rire, riz, satyres, séance, sirop, soldat du guet, soufflet pour le feu, suaire des morts, tisserand au métier, traire toute sorte d'animaux, trou de souris, truites, ventre plein, vers de terre, vésicatoires, vœux, faire des vœux.

5

Abandonner, abeilles faisant du miel, abime ou abimer, ail et botte d'ail, altération, ange et anges, badiner avec le chat, bal et ballet, boucles de souliers, boulevard et s'y promener, bruit, ciel, chemin, chien et chienne, clystère ou lavement, confesseur, confessional, crapule, culottes, doge de Venise, dou-

leur, enclume, enlèvement, fiel, fléaux, fouet, froc,
gelée, gibecière, girofle, glisser et glissement, jambe et
jambes, se jeter du haut en bas, joues, laitue, lancer,
larme et larmes, lune quartier, lunettes d'approche,
malvoisie, marchand, marchandise quelconque, marbre, menton. mercure, obscur, obscurité, ornement,
peines et afflictions, persister dans son opinion,
pieds, carreaux, roue quelconque, rüe et ruelle,
sangsue, semoule, sommeil, squelettes, tomber,
tonneaux de vin dans la cave, tour et tours, trépieds,
tresse et tresser, vélu, qui a beaucoup de poil, vin
dans la cave, vin rouge, ulcères.

4

Adorer des statues, adoration, adorer, ambre,
amidon, bière de morts, boîte d'or et d'argent,
bourreau, buste de marbre, cardon, cercueil, ciel
étoilé, chambre garnie, champignons, clair de lune,
coin, cochon et cochons, commère et commères,
couturière en linge, duc et duchesse, échelle, école
et écoliers, exécuteur de la haute justice, fabrique de
papiers, fauteuil, femme jolie, figues fraiches, foi,
bonne-foi, fruit, gantier, gentil, gentillesse, gigot
de mouton, incendie, infusion quelconque, indiquer, indication, louvre, maison neuve, mer calme,
meule de moulin, murmure et murmurer, nerf,
négresse, obstacle, païen, païenne, pelle, pyramide, poivre, porc, porte fermée, portique, porte
enseigne, carré, question, demande, rosée, séné,
soles, tabourets, tapis.

5

Abattre et abattu, agneau et agneaux, ajustement,
alarmes, amarantes, amende pécuniaire, anglais,
anguille, aubergiste, barbu, bassin et bassiner, bassi-
noire, betteraves, bizarre et bizarrerie, boire, bras
croisés, cadran, calcul et calculer, cavalcade, cimetière, chaudronnier, commissaire, coucher, se coucher,
cure-dents, dévot, église, embourbé, embuscade, en-

lever, éteindre le feu, femme laide, festoner, fidèle et fidélité, flatter, fossés, fraise de veau, fruitier et fruitière, gale et galeux, gobelotter, griffes d'animaux, grossesse, harpe, et jouer, hydre, hyacinthes, indifférence, lécher, lèche-frite, lenteur, levreaux, lot, gros lot, loterie, lieu de débauche, lutrin, chanter au lutrin, main et mains, marchand de couteaux, marcher avec vîtesse, merluche, ministre, mouvement quelconque, obéir et obéissance, oreilles, ornement, palpitation de cœur, parfumeur, peindre, peintre, peintresse, perte au jeu, poivrier, prévôt, radoter et radotage, redingote, rêver de l'or et de l'argent, rose et roses, rossignol, safran, sanctuaire, sanglots, séminaire et séminariste, sépulture, sérénade, sillons, souliers, saucisse et saucisson, souris, suie, têtes de morts, trépassés, vendeur quelconque, vinaigrette, vipère et vipères, visiter quelqu'un, volailles, zigzag.

6

Abbé et abbés, absence, acquisition de biens, adoption, adopter, aigrette de pierres précieuses, antiquaire, assigner, assignation, attention, baromètre, beau et belle, bouffettes de rubans, cage, cages avec oiseaux, cave, chanteuse, chien et chienne, chien de chasse, cloche et cloches, cœur, compas, communier et communion, coureur, cravatte, dais, disgracié, divinité, douleur en couche, esprits nocturnes, fâcherie, fille vierge, gardien de cochons, huguenots, laquais, lire, lune, mail, mandoline, médaille, miroir, mont de piété, morsure, muscat, nez, et y cracher, noix, obliger quelqu'un, obligeant, paradis, pigeon et pigeons, pluie d'argent, pont, poste, poupée, quatuor de musique, queue, ramage d'oiseaux, rêve et rêverie, rose et roses, sacre du roi, salle et salon, servante, soleil, sonneur de cloches, temps beau, trancher, vieux, zéro.

7

Absynthe, abstinence, amidon, acquiescer, arrêt, arroser et arrosoir, aubade, balais et balayer, bar-

bouiller, bas de soie, béquilles, billet à ordre, bonnetier, boulanger, boulangère, brasselets, buisson, ciseler,
et ciselure, chaise percée, charbonnier, chaud , chiffres,
chien et ours , cor et cornes , croc et crochet , dessiner,
dessin, déshonorer, déshonneur, embarras , équerre,
étouffer, étouffé, fidèle , fidélité, fier, fierté, fourche de
fer, géométrie, géomètre, gêner, gêne, grandir, groseil-
les blanches, janséniste, livre et livres, Loir, mâchoire,
mal d'estomac , manchette, marchand de vin , marteau,
ménage, modèle quelconque , oiseaux en cage , palais
du parlement, panser une plaie, pantoufles, perdrix,
pipe à fumer, pierres, poignée quelconque, poire,
porc-épic, procédure de commissaire, procureur du
roi, punaise et punaises , raillerie , rubis, sape et saper,
serrure, surdité, sourd , sourde, tabac, tailloir, tire-
bourre, tire-bouchon, tomber dans l'eau et dans le feu,
tonnerre, tourte quelconque, triangle, trou-madame,
et y jouer, verjus, vin mauvais.

8

Alambic, allumer le feu, association, azyme sans
levain, berger, bergère, bergerie, boites fortes, bosse,
bossu, boue, capitaine, ciseaux, cheminée, champs-
élisées, cour de maison, cour quelconque, danser,
danseur, danseuse, dévotion fausse, enfer, étui quelconque, examen, face, faiseur de collets, fleuret, foyer,
français et anglais, gazon, verdure, gorge, belle
gorge, gronder, gronderie, hache d'armes, hôte, huile,
incendie, jarretières, jésuites, magistrat, nacre de
perles, nappe, narcisse, fleur, noisettes, office, orange,
des oranges, orviétan, passer l'eau en bateau, pâte
quelconque, pelotons, pois chiches, poitrine, présent,
faire des présens et en recevoir, prévôt d'archer, quenouille, rose, roter et rot, saint et sainte, saumon, sa-
vonner, scie et scieur, sein, simplicité, séparation de
biens, suisse et suisses, tables de chambre, tomber
dans la boue, tulipes, vinaigre blanc, visage laid, vi-
vant, voix charmante.

9

Aider et aide, amandes douces, analyser, analyse, araignée, baïonnette de soldat, bénéfice, brodeur et brodeuse, campagne et bois, chef d'office, cure-oreilles, dés à jouer, dévot, douceur, éboulement de terre et de pierres, éclipse de soleil, écuyer, étain, esturgeon, exécuteur testamentaire, faiseur de clavecins, flotter sur les eaux, forgeron, géométrie et géomètre, horloger, huche à pétrir le pain, lente, limaçons, merde, migraine, mouche, hospice, payer argent comptant, pédant, père, plumage quelconque, prêteur et prêteuse sur gages, puce et puces, queue, quitter quelqu'un, raffiner, rejeton quelconque, rougeole et rougeur, ruisseau, sel, sénat et sénateur, séparation de lit, serrurier, souliers, tailleur de pierres, torrent, tourneur, vapeurs, visiter quelqu'un, vidangeur.

10

Amazone, anis, antiquité, arbre et arbres, arrosé et arrosoir, avoir quelque chose, bague, bassin et bassiner, bergère, blanc, blanche, boiter et boiteux, boucher et bouchère, bouillon à la reine, boutonnière d'or, boutique de café, brigandage, brûler, brûlure, canon, carpes vives, cataractes, chambre et chambrette, chanteuse, charbon de terre, choix, choisir, cloître, condamnation, correcteur, couvercle, cravate, cuiller à pot, cuvettes, demoiselle, danseurs de corde, défriser quelqu'un, écroulement, élargissement, empire, ennui, escalader une maison, extinction de dettes, farine, farce, fenouil, fraise, gale et galeux, garde, gardien, gouverneur, graveur, gravure en bois, harengs frais, ivre, ivrogne, jupes, jupons, jus de citron et de cédrat, liége, macreuse, manchon, masque, muscade, noix, navets, noces et festins, nombril, obligeant, paillasse, pâte de blé de Turquie, pelotons, plâtre, plafond, pois chiches, prieur, prieuré, rabats, rez-de-chaussée, rideaux, roses en diamans, tarentule, tête d'oiseaux, tordeur de soie, vacances, vilbrequin.

F

11

Abonissement, aigle et aigles, ami et amie, analyser, analyse, anémone, fleur, attrape, archers, assigner, assignation, belle-fille, beau-père, bibliothèque, blessure, bœufs qui mangent, bougies, carpes frites, cellule, chapelet, chimie, colonnade, colombier, compagnie de dames, comte et comtesse, confrérie, confrère, concombre, corde, côtes, couturière en robe, cousin, moucheron, courtisan de fille, crâne, cristal, dés à coudre, dévot, duelliste, dissolution, doigt et doigts, doge de Venise, écarlate, écorce quelconque, écho, embaumer, enfant et enfans, enflement, épaulette, épée nue, équilibre, évanouir, flatterie, flatteur, gerbes de paille, herbes, innocent, innocence, ironie, jambe et jambes, jet-d'eau, lait d'ânesse, lampion, lardon, latin, parler latin, lin, Loir, louche, lustre de cristal, maîtresse d'école, métier quelconque, moutarde, mur, musique, musicien, nager, nageur, oculiste, orge, ornières, pieds, pinceau, piquer, piqûre, poignarder, qualité quelconque, raifort, rayons du soleil, seringue, seringuer, soupçon, soupçonneux, souricière, taupe et taupes, terrasse, terre, tourneur, tour et tours, tremblement de terre, tronc à aumône, vendeur de sel, verdure, veste, vice-roi, visiter quelqu'un.

12

Agriculture, ail et botte d'ail, andouillettes, anatomie, arsenic, badiner, badinage, bai, barde de cheval, beau-fils, biche et biches, biscuits de galère, brelan, brigade, brigadier, bronze, caporal, carnaval, cavalerie, chambre garnie, chaire, charretier, chenets, choses agréables, collier, confusion, contrarier quelqu'un, coton, coup de couteau, crocheteur et porte-faix, croc et crochet, croix d'or et de perles, dégoûter et dégoûté, dragons, soldats, draps quelconques, emplâtre, enfermé, ensorcelé, équipage, fabrique, feuille et feuilles, figues sèches, fleurs sèches, flûtes, en jouer, hâcher, jasmins, lard et piquer de lard, machine quelconque, marchand de soie et de chapeaux, médecin, médecine, mépris, mépriser, milles et lieues, nez, nourriture quelconque, oie et oison, pallium ou manteau royal, pasteur, persil, pifres, pinson, pirouette ou tonton, pluie, pleuvoir, poires, portier, portière, prêche, prêcher, puce et puces, quartier de soldats, rebellion, scellés, siffler, sifflé, soldats faisant l'exercice, tasse de cristal, thème, tromper et tromperie, vendangeur, vendeur d'eau-de-vie, voiturier.

13

Bander un arc, bénéfice, bonheur quelconque, capital, capuchon, cimetière, chandelle, chandelier, chasseur, chirurgien, cors au pieds, décharge de canon, étendre la main, espion, flambeaux allumés, frangipane, imbiber, jeûner, jeûne, lac, médecin, médecine, parfait, perfection, prédiction heureuse, pincettes, prince, princesse, raison, raisonner, robe quelconque, sacristie, sacristain, santé bonne, sentiment, servante, sorcier, sorcière, tige quelconque.

14

Amant et amante infidèles, barbier, barbe, brasse, baril et barils, bât et bâts, bluteau, blé, bœuf et bœufs qui mangent, bœufs noirs, bourse brodée, bouteilles, buffle, casaquin quelconque, caisse, capitaine, cilice, char, coffre et malle, collet, rabat, coquin et coquine, devider du fil ou de la soie, diable, dupe, duper, duperie, eau claire, enfer, esprit follet, exorciser, fantaisie, feu, filou, fourbe, fripier, fripière, furie, entrer en furie, gémir, gémissement, géographe, grammaire, homicide, impertinent, impertinence, inceste, insulte, insulter, jupes et jupons, malheur, manie, merle, monter avec peine, négromant, obélisque, orgueil, pacte avec le diable, paillard, paillardise, rancune, ruse, rusé, samedi, sodomiste, soie, soufflet, et donner un soufflet, squelettes, tailleur de pierres, torticolis, tour, vice-roi.

15

Abstinence, affiches, âge ou âgé, allumer la chandelle, amaranthe, améthyste, automne, autruche, beau-frère, bigarreaux, bonnetier, bouillon, bouquets, boutique de modes, bracelets, charbon, cœur, commander, commandemens, côtelettes, couleurs de mode, délice, délicieux, dispute, disputer, doctrine, éblouissement, élixir, enfant, enveloppe, facteur de la petite poste, feuille de papier, fumigation et en prendre, galant, horoscope, imprudence, lait à la crême, légèreté, mer, meunier, mortification, moustaches, moulin, muletier, nain et nains, oncle et tante, organiste, ortolans, paille, passe-port, pâte d'amandes, peintre, peintresse, plumer des oiseaux ou de la volaille, potier de terre, prie-Dieu, reste de table, rincer la bouche et les verres, rival et rivale, rubans, sac et sacs, sellette, sauter, soupe quelconque, tambour, tanneur, tannerie, veau, vipère et vipères.

16

Affaire, faire des affaires, âne et ânesse, anglais, apôtres, apprentissage quelconque, attroupement de coquins, aubépine fleurie, bains et en prendre, barbouilleur, basson et en jouer, bavaroise, boiter et boiteux, bûcheron, chocolat de santé, claie à punaise, coude, coup d'épée, délire et délirer, désolation, distribuer de l'argent, douleurs, drogues aromatiques, doublures, élégant, élégante, enfoncer une porte, enterrement, étriers, fidèle et fidélité, foin, fromage de Roquefort, grâce, géant, géante, goûter et goûté, graine de laurier, hémorrhoïdes, heurter, huile, huche à pétrir le pain, injures, injurier, institut, joueur de trictrac, mâcher, manche, marchand de draps, mer orageuse, morve, murmure et murmurer, œufs au miroir, porte-feuille, roi et reine, sécheresse, sel, soleil, souliers, tenture, tenailles, tragédie, traverser la rivière à la nage, tripot, tripoter, vaisselle d'étain, vente quelconque, veste brodée, violon et en jouer, village.

17

Afflictions et peines, amandes amères, amant et
amante infidèles, amasser de l'argent ou du bien,
ambe, rêver de gagner une ambe, amitié, aumône,
aumônier, balle, barque, baron et baronne, batelier, bœufs rouges, botanique, botaniste, busc,
caveau, cerf, chapelle, choses désagréables, corni-
ches, dattes, démangeaison, demander l'aumône,
dorure, engloutir, évanouissement, extrait quelconque, garniture quelconque, gondole, goutte et goutteux, hardi, hardiesse, harengs salés, inimitié, in-
grat, ingratitude, jardinier, joueur de dominos,
laine, lutrin, chanter au lutrin, mendier, mendiant
et gueux, mappemonde, marchand de foin, minia-
ture, neige, neiger, paix, la paix, peines, personne
et personnel, poète et poètesse, poisson, pratique,
praticien, racines de fleurs, rêve et rêverie, samedi,
singe, tablier, tête de femme, tricoter, vermicelli,
vinaigre rouge.

18

Achat, acheter, acquisition de biens, accueil favorable, anéantissement quelconque, appartement et
sans meubles, argenterie, attachement, attroupement de coquins, ballot, baron et baronne, berger et
bergerie, billet de rendez-vous, bocage, cacher, cacheter, choux, collège, commodités, corail, contre-
poison, couturière en linge, cuvettes, chevaux, écou-
lement quelconque, espion, exempt-de-police, fer à
cheval, fichu quelconque, fièvre, avoir la fièvre,
fourmis, fourmilière, français et anglais, gâteau,
grâce et gracieuse, imprudent, lune manquante, mamelles, ménage, mitre, nu et nus, ongles, et
les couper, persécuteur, persécution, perdrix, piqueur, poison quelconque, rupture, ruisseau, salade,
saigner du nez, sang, savon, savonnette d'odeur,
sel, tasse, tracasser, tracasserie, traîneau, troc,
troquer, vendeur de sel, venin, veuf, veuve.

19

Ambassadrice, apothicaire, automate, battre, boiter, boiteux, bonbons, bonté et bontés, cabaretier, chaleur, chanson, curiosité, danseurs de corde, déchaussé, déchausser, éclipse de lune, écu et des écus, engendrer, entrée, épines, faim, faquin, flocon, grimoire, ivre et ivrogne, lanterne, lime, marchand de quincaillerie, marmelade, matelas, messageries oignons et botte d'oignons, peste et empesté, pompes, pomper, ragoût, raisin, rimer, rimes, rire, sucre, sucrer, tambour, tiroir et tiroirs, vendeur de fleurs, vigneron, vitres et vitrier.

20

Alpes, amorce, amour et faire l'amour, avoine, bastonnade, berceau, bête quelconque, boudin, boulanger qui met le pain dans le four, braise, buraliste, carton, ceinture, cercle, champs de fruits, charcutier, chèvre, colombe, créancier, créature, demande, demander, doyen, écouter, enfant, enfant nouveau né, enfuir, s'enfuir, étole, faiseur de coffres, fastes, tête, feu, flamme, gendre, grappe de raisin, illuminations, jarretières, lapins et lapereaux, montre, raisin frais, reliques, rouleau plein d'argent, tailleur, trompette, vermine quelconque.

21

Acclamations, ampoules, apprendre par cœur, aveugle, aveugles, badiner avec le chien, barbe, barbier, barbet, berceau, bonnet de nuit, boutiques de modes-cédrats, cinq numéros (rêver), chariot, chaux, choux, côtés, cousin et cousine, crayon, crayonner, enveloppe, femme quelconque, femme qui file, frange, fuseau, giboulée de mars, guetter quelqu'un, hermaphrodite, horloges et voir des horloges, lait de vaches, lion, et lionne, loup, neige, neiger, original, pélerin et pélerine, portier et portière, porte-crayon, préférence, donner la préférence, , racine et racines, radoter, radotage, renard, saigner du nez, sérail, terrasse, trépieds, tuer des hommes, vin, vendange.

22

Affront, aigrette, alène, animal quelconque, atteler et attelage, avarice, bénédiction, canne, et à pomme d'or, carosse, cerveau, clerc, concile, copier et copie, cracher, curé de paroisse, dégagé, eau bénite, emmailloter, fruits glacés, fruitier et fruitière, geai, idole, joueur, louange, marécageux, ménage, merle, miel, paroissien, pelle, porcelaine, prêteur et prêteuse sur gages, sage-femme, sansonnet, taquin, teinturier, tripot, tripoter, vendeur d'éventails, verre à boire, voyage, voyager.

23

Actrice, âne et ânesse, bénitier, bizarre, et bizarrerie, boucher et bouchère, carcasse, chaise, voiture, chatouiller et chatouillement, château, chevaux attelés, chien levrier, coing, corde, cuire, cul, écritoire, éloignement, flambeaux allumés, fourchettes, glands, gouvernement, hameçon, hussard, immobile, maîtres d'armes, meûnier, pacte quelconque, paon, passement quelconque, raisin sec, roue quelconque, soldat du guet, truffes, turc, turque.

24

Adam et Eve, allumettes, assignat, assigner, assignation, aubergiste, ban, bois à brûler, ciel, chanoinesse, cheval et chevaux, cheval noir, chiffons, chiens de chasse, clocher, cocher, coup de vue, danseur, escouade du guet, estime, guer à pied, lamentation, libraire, lois, maçon, montre, mouchard et moucharde, noix, œil et yeux, pâté, petits pâtés, perroquet, pluie d'or, pou et pous, profaner, profanation, purée quelconque, renoncule, sous tapisserie, tapissier, transparent, vin bon.

25

Arc ou arbalète, barbe de capucin, bas de soie, batailles de cloches, becfigues, bigoterie, capucins, cirier, champs de fleurs, cheval et chevaux, clôture,

colonel, cuisinier, dot de mariage, globe, graveur,
guérison, jujubes, impuissant, matelas, milan, oiseau de proie, monnaie d'or, mouiller, mouillé, no-
taire, œuf, des œufs, poules, prieur, prieuré, religion, sellier, tireur d'or, vierge, violon, et en
jouer.

26

Aider, aide, aimer quelqu'un, anneau et bague,
bataille navale, bégayer et bègue, boulevard et s'y
promener, campagne et bois, cinq numéros (rêver,)
chenets, cheval blanc, componction, cordonnier, cruche, cuiller, eau claire, émouleur, encre, enlever,
escalier, filleul, foin, geolier, honneur, macaroni,
maçon, maison neuve, marchand mercier, osier vert,
parfumeuse, piques et lances, poil de chèvre, projet,
et faire des projets, rameurs, sceau, tarentule, vaisselle d'argent, vieux, vieille.

27

Abandonner, acteur, amoureux et amante, aper-
cevoir, des fantômes dans la nuit, abrisseaux, Arlequin
et Scapin, arrêts, billets de loterie, boulanger qui
met le pain dans le four, capres, cardeur de laine,
chancellerie, chèvre, coucou, crainte et frayeur,
crime, criminel, devise quelconque, duel, défier en
duel, erreur, faiseur de coffres, femmes en couche,
gronder et gronderie, intrigues d'amour, langues,
membre quelconque, maquereau, nuire et nuisible,
osier sec, panier, postillon, poulets, poules, poudre
à canon, prostitution, roter et rot, santé (mauvaise),
scélérat et bande de scélérats, serrure, surdité, tisserand au métier, tortue et tortues, trahison, valet et
valets, vérole, vidangeur.

28

Agrafes, agrafer, argiles, avocats, avortement, ba-
billard, bleu, bombarder et bombardier, bouquets,
cadran, champ labouré, chapeau et chapeaux, chauve,
cheveux, chier dans le lit, chouette, clef quelconque,

confesseur, confesser et confession, coutume, couronne et couronner, crier au voleur, dame et dames, dorer et doreur, ébène, ébéniste, élancement, faisan, fièvre, avoir la fièvre, fromage de Parmesan, gril et grille, hanneton, insinuation, inventeur quelconque, marchand de chapeaux, pointe quelconque, poitrine, prêtres, quartaine, fièvre quarte, râpe, treille de raisin, village.

29

Accusation, affamé, alun de roche, architecte, armée nombreuse, barbe, bataille, bas, et de soie, billet, broche, brodeur et brodeuse, bronze, cachot, corbeau, champ de bataille, châtaignes, châtaignier, condamnation, combat de terre, contrebandier, délivrer, délivrance, éclair, et des éclairs, enlever, étain, foudre, jambon, lieutenant d'armée, maître à lire et à écrire, maître de danse, morpion, paresse, préparatif, faire des préparatifs, semence, sols, tourment et tourmenter.

30

Aigrette de diamans, amour et faire l'amour, amis, acquiescer, araignée, bacchanales, beau et belle, beaucoup de monde, bêtes quelconques, brillant, capres, charbonnier, chœur et choriste, clave d'Hercule, collier d'or, coqueter et coquette, cordonnier, couches, croix de pierre, fausse-couche, écran, entre chien et loup, filer, fromage quelconque, Italie, jaseur et jaseuse, lièvre, maçon, martyr et martyriser, nuit, paniers, peignoir, persister dans son opinion, peuple, pigeons, pourpier, querelle, raisins, sergent, tenailles, terrines, tour et tours, urine et uriner.

31

Affaiblir et affaiblissement, agrafes et agrafer, avocat, bandage, barbier, beurre, bénéfices, bonheur quelconque, buraliste, cabriolet, compas, compère, couleurs différentes, cousin, moucheron, éblouissement, écheveau, enlèvemens, ensanglanté, entresol, esprits nocturnes, fée, faiseur d'aiguilles, fardeau, faustine, gantier, génisse, grillon qui chante, grincement de dents, manchettes, mensonge, miroir, et s'y voir, obscur, obscurité, oreiller, peigner, porcelaine, rebelles, tuer des animaux, verdure, visionnaire, vitre et vitrier.

52

Abattre, abattu, aigrette, aurore, bail, bas de coton et de fil, baume, besoin, boutique de modes, et d'étoffes en laine, briller, chaise, chanvre, clef quelconque, coing, conquête, dormir, écrire, écrivain, étique, été, évêque, fromage de Gruyère, genêt, lard, loger, magasin, marchand de bas, milice, nourrir et se nourrir, oint, pêcher et pêche, poète et poètesse, pourri, pourriture, sentinelle, sonner, tranchée, ouvrir la tranchée, vaisselle d'étain.

35

Abandon, accampement, alarmes, baril et barils, bas de coton et fil, beau temps, besace de moine, boucherie, branler, branlement, cabales pour la loterie, commerce, comptoir, décoiffer et décoiffée, drap de lit, enclume, estampes, fournaise, frisson, fruitier et fruitière, gardien de chèvres, grenadier, hôpital, île, jeûner et jeûne, juiverie, lait, ligne, moinesse à la porte du couvent, mort et morte, nèfles, parens, pavots, philosophe et philosopher, romaine, sacrilége quelconque, sphère, tremblement de terre, vache et vaches.

54

Abeille ou guêpe, assistance, balles et y jouer, boîte d'ivoire, branler, branlement, chaine et chaînes, colombes, collier de diamans, croix de pierres, diamans, douter et doutes, écrouelles, forgeron, grange, hydropisie, massacre et massacrer, mélange, minéral, pieds petits, poisson d'eau douce, purée quelconque, raie, poisson, refuser, refus, rouleau, serrurier, tête d'homme, thériaque, toile quelconque, toile de lin, tente.

55

Andouillettes , banqueroute, bière mousseuse,
boucles d'oreilles, boutique d'étoffes en soie, boutons
d'or , cabaretier, carottes, champs élisées, charrette ,
concession , coquilles, coquillage, déjeûner, dépouil-
ler , dents, femme à la toilette, femme nue, fil d'or ,
flatteur, fruits de mer, jambon , jeton quelconque,
législateur, merde, odeur quelconque, paysan, pélerin et pélerine, pierres précieuses, plaider et plaidoyer, revue générale, ripaille, faire ripaille, robe de
femme, saluer, sellette, selle, aller à la selle, sellier,
tribunal et tribunaux, vallée, vallon.

56

Asile, auberge, aubergiste, augure et prédiction ,
bâton, boulanger et boulangère, bourrache, calice,
canif, châtaignes, châtaignier, coureur, défenseur
et défense, docteur en droit, épinards, écrevisse ,
estropier et estropié, garçon, imposition, luth,
marrons et châtaignes, novice, noviciat, oiseaux
quelconques, raser, rasoir, tempête, toile d'araignée, trame, veuf et veuve, vomir, vomissement.

57

Alène, autel et autels, botaniste, boulevard et s'y
promener, confesseur et confessionnal , confesser et
confession, copiste, dauphin, délicat et délicatesse,
dentiste, équipage, éventail, fleurs d'orange, foyer,
fouler aux pieds, gardien de moines, gardiens de cochons, géant et géante, général de religion quelconq.
jardinier, léopard, marchand de fleurs, myrthe,
moine et moines, paix, la paix, persister dans son
opinion, poix, porte-drapeaux, prêtres, révéler des
secrets importans, savetier, sort, tribunal et tribunaux, veiller auprès d'un mort, vers-à-soie, vin rouge.

58

Abbé et abbés, affaires, faire des affaires, ambas-
sadeur, archiviste, autruche, batteur d'or, boutons,
brioche, bru, canal et canaux, désastre, druide, envoyer

et envoyé, homme et femme, impatience et impatient, jeter des pierres, mémoire, mourir, rêver de mourir, neveux et nièces, oreillers, parchemin, pommade, rhue, plante, saut, tailleur, teinture, teter et tetons, tourte quelconque, ville et plusieurs villages, vinaigre blanc, vinaigre rouge, vinaigrier.

59

Arc ou arbalète, arbitraire, asile, bonnet et bonnets, bourrasque, cep, chambre garnie, châtiment, châtier, courir, courrier et postillon, courir la poste, courtisan de filles, dépuceler, échafaud, effigie et pendu en effigie, émail, émailler, émouleur, étrangler, étranglement, femme nue, fiscal et fisc, fouetté et marqué par le bourreau, galerie, haut, hauteur, justice, lavande, fleur, lèvre et lèvres, milles et lieues, murer, passage, patient conduit au supplice, pavillon, pêches, pendu, percher, phénomène, potence, prêtre à l'autel, punir et punition, question, tourment, rêver d'être pendu, rompu, et voir des rompus, son, tourment et tourmenter, visage mignon, vision.

40

Arbre et arbres, assiéger et siége, badaud, bal et ballet, boutonnière d'argent et de soie, bûcher et bûches, cailles, cathédrale, cave de pierres, citronnelle, chemise et chemises, coche, compère, communier, communion, confiture, couturière en linge, couverture, dégraisseur, dénicher, devenir amoureux, dindon, dindonneau, embrassement, engourdissement, fard, fleurs vertes, garde d'épée, gâteau, générosité, généreux, girandoles, huîtres, huguenots, imposer, linx, macreuse, marc d'or, marchand de bas, mine, mouches au visage, pâtissier, plat, porte ouverte, privé, apprivoisé, prophète, punaise et punaises, rameaux d'olives, relation, république, révéler des secrets importans, saint et sainte, sorcier, sorcière, tourte de pigeons, trou, vengeance.

41

Ail et botte d'ail, anchois, atteler et attelage, banc,
basson, et en jouer, bouffons, bourdon, cercle d'argent, cigne à poudrer, chasublier et chasublière,
commerce, contrebande, couteaux, cuisses, dormeur
et dormeuse, échalottes, épingles, écuelles, fous
qui dansent, fromage quelconque, fruits, impératrice,
lacets, lâche, lâcheté, lentilles, libertin, lune et
son quartier, marchand de bas, miroir, et s'y voir,
nettoyer quelque chose, opéra bouffon, orphelins,
panser une plaie, pêcher, pêcheur à l'hameçon, perches,
poirée, recteur, sardines, profession quelconque.

42

Affaiblir, affaiblissement, alambic, amasser de
l'argent ou du bien, ambe, rêver de gagner un ambe,
apprentissage quelconque, azur, boutique de tabac,
caisse, calme de mer, ciboules, ciseler et ciselure,
chambre, chambrette, chanoine, contre-poison, déplier toute chose, dîner, envoi quelconque, étrennes,
joyaux, labyrinthe, lionceaux, loup, marchand de
chapeaux, mortier, nécessaire, physique, poivre,
portique, pou et poux, réfectoire, remise, romaine,
vendeur d'eau-de-vie.

43

Abbé régulier, abominables choses, balafre, balafré, chaîne et chaînes, dégraisseur, girofles, œillets,
hotte, linge en quantité, lutin, marchand de chocolat, oublier quelque chose, partage, partager,
plantes, racine et racines, renard, siffler et sifflé, souper et soupé, veau, vessie et vessies, voisin, voisine.

44

Abbé, abbés, arc-en-ciel, argent monoyé, assemblée, bandes, blanchisseuse qui lave, boiserie,
cardes de poirée centaure, colonne, directeur
quelconque, docteur en médecine, duc et duchesse,
église, époux, épouse, escargot de mer, examinateur,
gobelets de cristal, ivre, ivrogne, jaseur et jaseuse,
lazagnes d'Italie, laitière, maître et maîtresse de la

G

maison, marc d'argent, mari et femme, menteur, menteuse, nourrice et nourrices, obscurcir, omelètte, ouverture quelconque, plomb, pomme d'or, procès, salle et salon, table servie, tabourets, trou, turc, turque, vendeur de châtaignes.

46

Accueil mauvais, arc-en-ciel, artichaux, assoupissement, barbier, belvédère, beau et belle, catafalque, ciboules, citrouilles, chodets, choix, choisir, comédie française, coq, cuisse, décroter, décroteur, écosser des pois, église tendue, élever, élève, enchantement, équinoxe, farder, flacons de vin, foie quelconque, forteresse assiégée, fromage quelconque, hirondelle, jeter (se) du haut en bas, laboratoire, morue, persécuter, persécution, profaner et profanation, raisin frais, raisin rouge, séparation de lit, sphère, tapisserie, tapissier, toit, tranchée de ventre, vin rouge, volant et raquette, et y jouer, urine et uriner.

46

Arsenal, astrologue, aveugle et aveugles, blanchisseuse, carillon de cloches, charrette de vin, colombe, comédie italienne, connaissance, cordonnier, crapaud, délicat, délicatesse, donner du cor, écritoire, fou, hallebarde, magie, malvoisie, manne, purge, nom, numéro de la loterie, plomber, pois, petits pois, pomme d'or, satirique, sauce, scier, scieur, secrétaire.

47

Baboin ou berran, canal et canaux, capitaine, copiste, délire, délirer, faiseur de collets, fenouil, librairie, livre et livres, lys, fleur, mèche à fusil, mort ressuscité, narcisse, fleur, nègres, plaie, renard, revenans, rêver des morts, sanglier, sarrasin, syrène, suaire de mort, table servie, taureau, terreur, trépassés, vêtemens, vinaigrier.

48

Apothicaire, assigné, assigneur, attachement, bombe, charretier, chevreuil, crête, défendre, découvrir, découverte, desservir, desservi, déterrer un mort, ébène, ébéniste, ecclésiastique, festin, gilet, laine, larcin, livrée, marin, maligne, moëlle, olives, pauvre, peigne, perroquet, pois, petits pois, porte-manteau, prunes de Brignole, recueillir, rêve, rêver des morts, sage-femme, sentinelle, surtout, tacher, théâtre, tisane, boire de la tisane, vivandier et vivandière, voile de femme.

49

Adam et Eve, agonie, agonisant, alégresse et joie, azur, baleine, billet, bûcher et bûches, congrès, datte, embarquer, embarquement, festin, fumer la pipe, hanneton, jujubes, jus de citron et de cédrat, lanterne, maître d'école, mal de tête, manuscrit, moribond, momie, nectar, poissarde, prince, princesse, sablon, teinturier, tison, traiteur.

50

Anguille, anguilles, bacchantes, bal paré, banni, batelier, bouilli, cardinal, chaudronnier, contre-cœur, cuir, cultiver, dauphine, dot de mariage, dragon, serpent, estafette, faiseur de culottes, fanal, gager, gageure, gendre, grand-père, hostie, huîtres, lamproie, loge, lumière, manteau, marchand de chandelles, melons, monter, mort dans la bière, œuf, des œufs, pain, raper, saper, savetier, taffetas, ventouses, visite.

51

Adam et Eve, affiché, afficher, affligé, affliger, ambre, aqueduc, avaler quelque chose, bacchus, bal masqué, barres et y jouer, baume, bonnetier, bouracan, bourse à cheveux, cage, champ de fruits, chatouiller, chatouillement, conclave, corsaire de mer, débauche, faire la débauche, embrasement, empaler, empalé, enlèvement, envoyer et envoyé; épingles, étranger, exercice, gazette, jardin, jardins, juger, jugement, marc de cuivre, mer, moulin à vent, niche, noyer, et rêver de se noyer, oratoire, orgue, parasol et parapluie, peines, pendans d'oreilles, pigeon et pigeons, potier de terre, quilles à jouer, raisiné de Bourgogne, rats de cave, robinet et robinets, témoin et témoignage, voiturier.

52

Aïeux et aïeul, biscuits de café, boutonnières de soie, braise, brioche, col, colonel, composition, découverte, devin, devineresse, empêcher, empêchement, farine, foie de porc, lion et lionne, loquet, macaroni, pêcheur à la ligne, perruque, sanglier, scène et scènes, sculpteur, tuteur, vanille, vésicatoires, vin blanc.

53

Aigle, aigles, banqueroutier, bâtiment sur mer, brouette et brouetter, brouillé et brouillerie, calote, cigale qui chante, chaudière, cuisinier, désarmer quelqu'un, eau-de-vie, ébrener un enfant, échevins, éléphant, faux, faucille, fil d'argent, galère, matines, menuisier, œufs durs, orthographie, péninsule, port de mer, sabre, service, et rendre service, sergent, soie, sortilége quelconque, tremblement de membres, trot, trotter, vallée, vallon, vaisseau sur mer, veau, vieux, vieille.

54

Aboiement de chien, accueil favorable, banqueroute, batteur d'or, bœufs qui dorment, bois, cire jaune, charlatan, choux-fleurs, conception, devenir amoureux, empailler, esprit nocturnes, excrément, fronde et frondeur, galon d'argent, macaroni, messe chantée, réponse, résidence, rouge, du rouge, séculier, synagogue, tête coiffée, tomber d'une fenêtre, tomber des nues, tripe, vautour, veille.

55

Affable, affabilité, agneau et agneaux, amant et amantes fidèles, amphithéâtres, anguille et anguilles, armoire pleine d'effets, boîte à odeur, bonheur quelconque, cartes à jouer, cigale qui chante, cire blanche, chape, chapeau et chapeaux, cruche, dîner en grande compagnie, droguiste, eau de senteur, enchaîner, enchaînement, esprit, et avoir de l'esprit, faiseur de coffres, feuilles de papier, généalogie, gobelets de cristal, grande duchesse, grenades, halle, lys d'or, main et mains, marchand de cruches, musique, musicienne, or faux, ours, pain, pâleur, pape, papier, pièces du Levant, possédé, poudre à cheveux, procession, procureur, pucelage, et le garder, ruche, statue, statuaire, successeur, tuyaux quelconques, vipère et vipères, zigzag.

56

Académicien, adonis, autel et autels, bouton, bœuf furieux, catalogue de livres, cidre et boire du cidre, clochettes, chutes, dépôt, dessiner, dessin, exil, extase, guerre, insensible, joueur, lazaroles fruit, lierre sur la muraille, magicien et magicienne, métamorphose, natte, page, pareil, pélican, péril, prédicateur, réchaud, sépulture, séparation de lit, sermon, taureau et furieux, trou de souris, vin bon.

57

Aimant, amusement et s'amuser, artichaux, augmentation, bal masqué, bague, balance, bière à porter les morts, bottes, bottes fortes, bouteilles, briochés, buffet, vaisselier, chouette, coing, colline, conclave, départ, droguer et droguerie, flatteur, gardien de brebis, gayac, girandoles, grand d'Espagne, grand-mère, ermite, inconstance, jeunesse, lacets, magasin, parlement, pavé, précipiter du haut en bas, prunes, rossolis, Seine.

G 5

fleuve, testament, tour, trésor, trésorier, tribune, vice, vicieux.

58

Ancre de vaisseau, bataille de cloches, boussole, brigade, brigadier, calomnie, chirurgien, clocher, cocher, crachat, cuisine, cuir, diarrhée, dorer, doreur, encenser, fer quelconque, fromage parmesan, grand prince, héritier, héritage, lieutenant de police, marchand de fromage, maréchal ferrant, orateur, orfèvre, pape, prédicateur, traiter des malades, vivandier et vivandière, voler sans ailes.

59

Arrêter quelqu'un, bois, cardinaux, commis quelconque, cordes d'instrumens, danseuse, écritoire, effacer, effacé, extrait de loterie, faiseur de culottes, fantôme, jeter (se) du haut en bas, oignons en botte, ongle et ongles, paresseux, pâte quelconque, perte de sang, pendans d'oreilles, poularde, quitter quelqu'un, scandale, scandaleux, simplicité, tanneur, tannerie, tente, usure, usurier.

60

Abricots, académiciens, aigrette de corail, almanach, archevêque, batelier, calcul, calculer, canne, roseau, cendre, chanterelle, cantarides, chasuble, charlatan, chevreuil, compter de l'argent, cor et cornes, coups de bâton, domestique, école, écoliers, encens et encensoir, farinier, femme de chambre, fils, girouette, grenier, image, lapins, lapreaux, las, lassitude, léthargie, libertinage, lunettes d'approche, maison neuve, moine et moines, mouchettes, moule, ornemens d'église, palais, pardonner, philosopher, pousser, prélat, promesse, promettre, quartier de la ville, ramoneur, rêver des voleurs, tasse à chocolat et à café, thé, et boire du thé, velours, vers de terre, voleur, voleuse, voler des effets.

61

Académie, aiguilles à coudre, allée et avenue, araignée, bains, prendre des bains, banqueroutier, brouette et brouetter, brouillé, brouillerie, cadavre, cautère, ciseleur, chandeliers d'argent, chasseur, comprendre, compréhension, coup de fusil, cupidon, curieux, dôme, encens, encensoir, étique, fusil, hostie, lait à la crême, melons, opéra bouffon, oreille d'âne, plumer des oiseaux ou de la volaille, plumage quelconque, roi et reine, ruse et rusé, tigre et tigresse, vinaigrette, voiles de vaisseau.

62

Amant et amante fidèles, ananas, appartement sans meubles, artifice, bachelier, bidet, dépositaire, diffamer, diffamation, eau trouble, échalas, étangs, filleul, gants, galon d'or, injure, injurier, inondation lettre et lettres, maître d'hôtel, marmelade, meurtre, melons d'eau, microscope, monstre, mugissement, nécessité, noir et noircir, ongle et ongles, or, obligeant, pallium, manteau royal, pannetier, paon, pilon, plaine, poêles, printemps, sourcils charmans, tablettes, trappe, et moines de la trappe, trésorier du roi, vœux, faire des vœux.

63

Argenterie, armée quelconque, balcon avec des dames, bigot, bœufs noirs, bonnet et bonnets, boucles de souliers, cerf-volant, chimiste, clerc, crépuscule, devider du fil ou de la soie, emballer, emballage, engelures, gager, gageure, grotte, lion et lionne, liqueur, major, marchés et foires, miel, paitre, papillons, pilote, poirée, prisonnier, raboteux chemin, rhume, suer, sueur, tocsin, sonner le tocsin, tourterelle, tramer, trépignement, tuiles.

64

Ane et ânesse, âpreté, approcher, approche, argent vif, beurre, bouteilles, bouton, buffle, bura-

liste, cigne, chiquenaude, collet, rabat, déserteur,
empêcher, empêchement, faïence, folie, grand duc,
harpe, et en jouer, histoire, marmotte, mérite, mériter, miroir et s'y voir, morgue où l'on expose les
morts, naviguer, olivier, païen, païenne, pana-
che, péril, périlleux, poutre et solives, quais,
courir les quais quincaillerie, reliquaire, régiment
de cavalerie, revenans, riz, séparation de biens,
soupir et soupirer, spectacle et y aller, tigre, tigresse,
toilette, vache et vaches, vendeur de bouteilles.

65

Adorer des statues, empoules, arbres, arbrisseau,
argent monoyé, artificiel, bijoux, brebis, campagne et bois, champs-élisées, change, chambellan,
châtaignes, châtaignier, chien et chat, congrès,
contre-poison, dettes, défenseur et défense, eau-de-
vie, engager, engagement, essai, esclave et escla-
ves, femme enceinte, grenier, habillement et s'ha-
biller, herbes, linge en quantité, lourd, mail, mariage, marionettes qui dansent, myrthe, militaire,
paume et y jouer, poulets, poule avec les poussins,
prairie émaillée de fleurs, préservatif, prévôt d'archer, récompense et récompenser, rêver des voleurs,
séparation de biens, trône, trou, verge et verges,
vieux.

66

Agacement de dents, amoureux, amoureuse, ar-
gile, bière à porter les morts, bijoutier, blanchisseur, boucherie, bouffissures quelconques, bras étendu,
cercueil, chameaux, chaire d'université, cochon et
cochons, comédiens, compagne et compagnon, confitures, courges, écorcher, écorchure, émouleur, empire, grenouilles en quantité, las et rendu, maître de
cérémonies, miracle, mouchoir de soie, moules,
poisson, nourrice et nourrices, passer l'eau à la nage,
poêles, poutres et solives, rejeton quelconque, ri-
vage, ruisseau, Sion, signe et signer, statue et statuaire, tronc à aumône, vallée et vallon, vigneron.

67

An, année, babillarde, bouvier, buisson, citernes, cloître, cueillir des fleurs, déshériter, diète, entreprises, fêves, francs-maçons, garde-robe, guérite, habits ordinaires, ménage, moisi, et le sentir, nager et nageur, numéros de la loterie, pain jaune, solennité, tuiles, vin mauvais.

68

Asperges, aspersion d'eau bénite, balustrade, bandage, chambre, chambrette, cheval et chevaux, corps de jupe, courges, éboulement de terre et de pierres, électeur, électrice, élection, faustine, fenêtre, fêves, fromage de Parmesan, froment, genoux, goutte et goutteux, marchand de fromage, nourrice et nourrices, pois chiches, pont, potage, prairie verdoyante, religieux, voleur, voleuse.

69

Arménien, astrologue, blancherie, bondissement universel, buisson, charité, chiourme de galère, chirurgien, cordonnier, courir, dettes, devoir, deuil, échéance de billet, galériens, joueur de loterie, joaillier, larme et larmes, musette, plume et plumes, poisson de mer, pot au feu, poumons, seigneur et seigneurie, soutane, vérole volante, usure, usurier.

70

Aigrette d'ambre, aumône, aumônier, bacha, borgne, cage, centuries, cerceaux, cérémonies, chauve-souris, chien enragé, choix, choisir, côtelettes, cuirasse, église, essuie-main, hache-d'armes, hyacinthes, invasion de troupes, libre, liste quelconque, laurier, couronne de laurier, marchand de cruches, merles, mines, monnaie d'argent, palais royal, patrie, patente quelconque, pistolets, poltron, polissonnerie, recette, rejeton quelconque, rire à gorge déployée, ruine et ruiner, semer, tasse à chocolat, à café, tabac, tomber dans un puits, ton, tonnelier,

toupies, et y jouer, vérole, petite ville et plusieurs, vin blanc, zéphir.

71

Apoplexie, argent, métail, batelier, blond et
blonde, bonnet de cardinal, bouvier, braconnier, buffet, vaisselier, cachet, cacheter, carcan, casernes,
centaure, char, chasse, chasser, cordon bleu, corsets,
corbeau, couleurs différentes, dé à coudre, égorger,
évêque, femme de charge, friand, friandises, génie,
glaces, grec, grecque, idolâtrie, inquisition, inven-
taire, lampe, luire et luisant, marchands de grains et
de colifichets, marcher à reculons, mérite, mériter,
mystère, nonce du pape, paillardise, paralysie, para-
lytique, pilori, plumer des oiseaux et de la volaille,
poings au visage, pommade, pompons, prison, quartier d'agneau, ramasser quelque chose, rocher, ruse,
rusé, trou-madame, et y jouer, turban, vernir
verni, vinaigrette, visage.

72

Abbesse et supérieure de couvent, astrologue, ba-
bioles, biche et biches, billard et y jouer, briguer
quelque chose, canelle, cardinaux, chevau-légers,
chien blanc, crême, dentelles, discorde, eau quelconque, écarteler à quatre chevaux, égruger, égru-
geoir, fraises, impuissance, jardin, jardins, joueur
de boules, lacets, limaçons, manchettes en dentelles,
marcher à tâtons, merveilles, moutarde, nouveauté,
pacotille, piége et tendre des piéges, pierres précieuses, piqueur, place, poireaux, porte quelconque, prostituer, ravine d'eau, ruine, tomber dans
le feu, tortue et tortues, touche et toucher.

73

Abbaye, arbitre, assassin et assassins, balais, balayer, bécasse, bourgeon, bras briser et casser, café,
chanterelle, chapon et chapons, cloche et cloches,
crieur de rue, dentiste, épluchement, fatalité, finan-
cier, hôpital, ingénieur, lard, maître de cérémonies,

marcher avec des béquilles, menaces, menuisier, Mithridate et Andromaque, navire, pâle, pêcheur à la ligne, pèlerinage, postillon, quarantaine, semer, sybille et sybilles, sonneur de cloches, trompettes, turban, villageoise.

74

Attacher et attaché, bigotte, boîte à miroir, chandelle, chameaux, chasublier, chasublière, cupidité, damné, dépérissement, lanifier, liberté, maraud, menottes, orge, quarantaine, refus, refuser, sécheresse, serin des Canaries, vagabond, vendeur de sel.

75

Abandonner, abandon, aigrette de rubis, ajustement, aloës, ambre, anguille et anguilles, associé, ange, baiser, baisé, bécassines, billard et y jouer, brac, bravoure, courage, cordeau, couche, fausse couche, crible, devenir amoureux, entonnoir, grotte, hostie, licou, linge de table, malades, mesureur de terre, montagnes, œufs au beurre noir, piquet et y jouer, persil, rateau, robe de chambre, secrétaire à écrire, séminaire et séminariste, suc, ville capitale, voisin et voisine.

76

Agonie, agonisant, aile et ailes, bataille, bateau, blé, bonnet de pape, chaudronnier, chimiste, copier, copie, courses de chevaux, clous, décimes, girofles, grue, guerrier, guirlande, louange, marine, vue de la mer, mouchoir de fil et de coton, oie et oison, oracle, perruquier, promenade et se promener, reste quelconque, roi, safran, truffes, vaisselle d'argent.

77

Accouchement fâcheux, alchimie, architecture, archives, argumenter avec quelqu'un, baraque, barboteur et canard privé, bataille, brasseur, brevet quelconque, clefs, cuirasse, culture, écueil, fricassée quelconque, garnison de soldats, grâce, gracieuse, grimper, pieds et mains, invitation quelconque, jardinier, manier des effets, masques, masqué, mulet, patriarche, pêle-mêle, somnambule, témoin et témoignage, terne à la loterie, tête d'animal, tortue et tortues, voyage et voyager, vitres et vitrier.

78

Accouchement heureux, amoureux et amoureuse, anglaise, assassin et assassins, bilboquet, et y jouer, bivouac et y jouer, blanque et y jouer, bouquets, boutons, briser, casser, bucéphale, cyprès, concubine et maîtresse, désosser des poulets, ébène, ébéniste, égoût, faute et fautes, fièvre, avoir la fièvre, gage et caution, juges assemblés, limonadier, mines, mort, morte, naissance malheureuse, plume et plumes, pois secs, polisson, porteur d'eau, prêteur et prêteuse sur gages, pucelage, le perdre, putain, rente d'église, romarin, sculpteur, secret et mystère, teigne, teigneux, vendeur de tisane.

79

Abonissement, barboteur et canard privé, blond et blonde, blé, brigade, brigadier, calcul, calculer, cerise, chemin fourchu, couvent de filles, deuil, dortoir, faisan, filles du monde, hêtre, arbre, intrigues d'amour, lavoir, marchand de bas, mystérieux, noble, noblesse, panier de femme, passeport, pot-à-l'eau, rêve et rêverie, rougeole, rougeurs, sculpture, vie, vrille, vider.

80

Abeilles faisant du miel, allumettes, alouettes, ame et ames, artichaux, auberge, barbe, cheval, barque, bidet, bouche, bouchée de pain, cailles, castor, cercle d'or, charge emploi, chef de chasse, chiourme de galère, collier de diamans, courrier et postillon, crâne, couvent de moines, dames et dames, écurie, envoler, s'envoler, faim, faucon, fendre et fente, feu d'artifice, flamme, flotter sur les eaux, fondement, fossoyeurs, gabelle, galériens, gafré, être gai, gain, géographie, gingembre, graine quelconque, habits magnifiques, jaloux, jalouse, maure, miroir et s'y voir, mosaïque, nègre, nid, pâte, peuple, pois, pousse-cul, prophétie, ravage, ravager, rose et roses, succession, taille, voix de taille, thermomètre, tremblement de la nature, rêver que tout se détruit, vent, vicaire et grand vicaire, victoire, ville et plusieurs, voler dans l'air.

81

Accueil mauvais, artiste, artistes, astrologuer quelqu'un, béatilles, belle-mère, biche et biches, boulanger qui met le pain dans le four, caverne, commander, cordon bleu, damoiseau riche, diplôme, épitaphe, faiseur d'aiguilles, friture, gorge, belle gorge, grimaces, faire des grimaces, grime, jaunisse, jésuite, joueur de cartes, levier, lessive, linge de corps, lugubre, marcher sur l'eau, monter toutes sortes d'animaux, prédiction malheureuse, présent, et faire des présens, sacristie, et sacristain, traîner, et se voir traîné, verge et verges, vigne, numéro de la loterie, piquet et y jouer, poule qui glousse, ravage, ravager, soufflet d'orgue, sureau, table, verjus.

82

Arlequin et Scapin, arsenal, brodeuse qui brode, bouquets de fleurs, balance, capillaire, ciboules, compliment, coup de pistolet, coupe et soucoupe, facteur de campagne, fagot, gouvernante, mausolée, naufrage et faire naufrage, pardon, pistache, poches et pochettes, ravir et ravissement, renouvellement, surprise et surprendre, testament, tourmenter, vendeur d'agneaux, vertu et vertueux.

83

Afficher, affiché, alouettes, arêtes de poisson, baleine, bibliothécaire, catéchisme, centaine, chapon, chapons, chiffons, chien noir, cuillers, donation, éclair, des éclairs, enfant de cire, flèches, fustiger, malédiction, moquerie, et se moquer, nœud et nœuds, pavillon, peter et pet, poële à frire, ronger rongé, temps mauvais.

H

84

Amorce, associé, bénédiction, bracelets, cabaret, cardeur de laine, ceinture, chapelain, commode, époux, épouse, fleurs sèches, géographie, gobelet d'argent et de cristal, gloire, glorieux, mamelles, orties, pupitre, révéler des secrets importans, satyre et satyres, soufre, stupide et stupidité, taille, tâche, tartuffe, vitres et vitrier.

85

Abbaye, argumenter avec quelqu'un, boyaux, boussole, cage avec oiseaux, charge et charger, charbon, chef d'escadre, chocolat de santé et à la vanille, cordon bleu, eau-de-vie, éponge, fumier, fuseau, hirondelles, marquis, marquise, officier, ravage, ravager, secrétaire à écrire, sénat, sénateur, suie, traiter des procès.

86

Abeille ou guêpe, assigner et assigneur, baguette, bride, café, chancelier, châtelain, chef de bureau, chimiste, éclair, des éclairs, écriteau, faiseur de brides, furet, galons de soie, joujoux.

87

Bal paré, basilique, batteur d'or, brinder, bûcher et bûches, chaudron, chicorée, colère et se mettre en colère, clou, colombier, consistoire, coquette et coquetier, cruauté, cruel et cruelle, déchirer en pièces, dégel et dégeler, déluge, disséquer, douane, égarement, égaré et s'égarer en chemin, encre, enfiler des perles, éventail, fruits glacés, grimaces et faire des grimaces, hérésie, hérétique, moisson et moissonneur, moucherons, naissance heureuse, panetier, pasquinade, pigeonneaux, pratique et praticien, rafraîchissement, ronfler, souliers vieux, souterrains, treillage, venaison, zodiaque.

88

Aimant, aïeux, aïeul, arbres touffus, armée nombreuse, aurore, auteur, bastille, bœuf marin, bosse, bossu, brouillards épais, carafe et carafes, chaudronnier, chemise et chemises, clavecin, colosse, commander, commandement, démasquer, démasqué, ennemi, ennemie, entre chien et loup, extrait de loterie, frotter, frottement, grêle, grêler, haine, haïr, herbes odoriférantes, hébreux et juifs, manteau, marins et matelots, marmelade, mesure et mesurer, mont, navire, nourrice avec l'enfant, nuit, orfèvre, paysanne, paroissien, poule qui glousse, procession, punaise et punaises, ratafia, Samson, testicules, tonnelier, toux, trésor, trésorier, turban, vinaigrier.

89

Ambition, apprêter quelque chose, aubergiste, carafe et carafes, carpes à la matelote, cavalier, cerise, cigogne, croupion, cruelle, discipline, embrasser, envier, envie, femmes bien mises, four, fourneau, frères, gaîne, messe, metteur en œuvre, noces et festins, oppression et étouffement, poêle à frire, puits, serpent, souris, teigne et teigneux, vendeur d'estampes, verroux.

90

Age, âgé, agrandissement, aigrette de perles, apprêter quelque chose, argent métal, argenterie, attaquer et attaque, avare, bouc, boutique, brinder, cabaret, cannonade, cendre, change, chaos, chatouiller et chatouillement, chocolat à la vanille, collier de perles, couverture piquée, cristal, cristaux, cruche, daim, damoiseau pauvre, débiteur, effraction quelconque, enchantement, équinoxe, fortune sur la roue, grandeur extraordinaire, gratification, héritier, héritage, ermitage, jugement universel, juridiction, jubilé (grand), jubilation, jujubes, laquai, Lunéville, luzerne, luire, luisant, lugubre, loyer, lune pleine, magistrat, magistrature, maréchal d'armée, masse, massue, mastiquer, mastic, monter dans les nues, moutons, musc, robe de conseiller au parlement, roue de la fortune, saumes, saumons, silence, sortie, souliers, suisse et suisses, suicide, terne à la loterie, thériaque, toile quelconque, veines pleines de sang, ulcères, zône.

H 2

INTERPRÉTATION

ET EXPLICATION DES SONGES,

Disposée par ordre alphabétique, pour que, par leur moyen, les Amateurs de la Loterie Royale *de France puissent tenter la Fortune.*

TABLE ALPHABÉTIQUE DES SONGES.

A

ALLUMER la chandelle, *signifie* alégresse. 13 49
arbre voir, *sig.* alégresse.   10 45
arbre sec, *sig.* dommage.   29 70
arbre coupé voir, *sig.* dommage.   6 13 70
aller à l'église, *sig.* alégresse.   5 49
aller bon matin, *sig.* gain.   17 80
abeilles qui entrent dans la maison, *sig.* dommage.
                                           14 17 54 70
abeilles, prendre avec leurs ruches, *sig.* gain
   d'ennemis.   5 80
armés des gens, *sig.* ennui.   9 51
agneaux voir paître, *sig.* peur ou dormir.   53 57
arbre voir fleuri, *sig.* alégresse.   10 88
arbre voir sans fruit, *sig.* bien.   29 81
assemblés des gens, *sig.* fatigue.   15 22
autel détruit, *sig.* tristesse.   51 51 86
âne qui brait, *sig.* fatigue.   15 14 52
à la fontaine aller, *sig.* alégresse.   41 76
adultère commettre, *sig.* scandale donné.   54 61
argent manier, *sig.* colère.   5 6 18
avoir chevaux ou agneaux, *sig.* consolation.   57 72
avoir agneau sur la tête, *sig.* bon augure.   53 56
avoir à la tête couronne d'or, *sig.* procès.   26 80

avoir un bâton , *signifie*. tristesse. 56 51
avoir ceinture d'or *sig*. bien. 58 41 70
avoir ceinture d'argent , *sig*. gain. 47 70
avoir souliers neufs , *sig*. gain. 28 56 90
avoir des moutons , *sig*. abondance. 2 90
avoir des chevaux *sig*. bon augure. 35 68
avoir des bœufs , *sig*. gain. 54 80
avoir le corps robuste , *sig*. pouvoir. 5 41
avoir des poux , *sig*. honte et pauvreté. 2 16
avoir du sel , *sig*. silence. 10 15
avoir un chien , *sig*. fidélité domestique. 36 37
avoir du vin , *sig*. effusion de sang. 11 33
avoir de beaux habits , *sig*. abondance. 25 64
assoupir des procès , *sig*. paix avec des amis. 1 62

B

Boiter, *sig*. paresse. 42 81
brûler voir le ciel , *sig*. changement. 6 14 55
bâton ou verge avoir en marchant, *sig*. infirmité. 36 67
barbe longue voir , *sig*. gain. 43 80
barbe nue ou sans barbe , *sig*. richesse. 37 72
barbe petite , *sig*. grand procès. 26 72
barbe noire, *sig* recevoir dommage. 29 70
barbe grise , *sig* ennui. 14 51
barbe se laver , *sig*. avidité. 13 21 66
barbe rousse , *sig*. péché. 4 14
barbe longue , *sig*. alégresse. 43 61
barbe se croire avoir , *sig* dommage. 29 60
baiser un mort *sig*. longue vie. 51 45 56
boire sans vin , *sig*. infirmité. 77 42
boire vin blanc , *sig*. alégresse. 55 94
bête voir qui court, *sig*. tribulation. 16 57
bête voir sauter , *sig*. inquiétude. 2 33 81
bénéfice faire , *sig*. alégresse. 66 80
bénir se voir , *sig*. alégresse. 61 86
boucs ou moutons voir, *sig*. abondance. 2 90
bras joli avoir, *sig*. amitié. 18 64
bœufs gras voir *sig*. beau temps. 17 30
bœufs voir dormir , *sig*. mauvais temps. 11 54
bœufs qui montent , *sig*. mal. 1 4

bœufs blanc qui sautent, *sig*. honneur.   10 64

bœufs noirs, *sig*. périls.   51 82

bœufs sans cornes voir, *sig*. être sauvé des enne-
    mis,   7 15

bœufs maigres, *sig*. disette.   7 9

bœufs voir labourer, *sig*. gain.   25 80

bœufs qui se battent, *sig*. inimitié.   12 19

bras sale avoir, *sig*. misère.   18 59 50

bras menu avoir, *sig*. bonne grâce.   5 58

bracs ou chiens voir se battre, *sig*. se défendre des
    ennemis.   19 42 55

bêtes à quatre pieds se battre, *sig*. infirmité.   22 67

belle avec se voir, *sig* tentation.   6 40

bénir des églises et autels, *sig* alégresse.   5 50 51

brebis entre elles se battre, *sig*. mal.   1 11 14

C

Cheveux qui tombent de la tête, *sig*. perte
    d'amis.   1 65

cheveux arracher ou couper, *sig*. perte d'amis.
    28 40

chèvre voir blanche, *sig*. gain.   10 20

chien avoir, *sig*. compagnie.   11 55

chair, *sig*. fatigue.   15 18

chair bouillie manger, *sig*. mélancolie.   52 46

chair rôtie manger, *sig*. gain.   18 80

chair ou torches avoir, *sig*. alégresse.   55 61

chanteuse voir, *sig*. pleurs.   50 45

charbons allumés voir, *sig*. garde-toi des ennemis.
    15 17

ciel enflammé voir, *sig*. gros gain.   12 70 80

ciel brillant voir, *sig*. humanité.   4 40

ciel étoilé voir, *sig*. vérité apparente.   3 55

citerne dedans tomber, *sig*. calomnie.   65 67

cavalier qui descend de cheval, *sig*. poste.   55 87

colonne de maison tomber, *sig*. mort.   5 54 65

clef avoir, *sig*. colère.   6 77

cartel avoir, *sig*. sécurité.   72

charbon manger, *sig*. dommage.   9 15

chevaux blancs monter, *sig* bien.   10 68

chevaux noirs monter, *sig*. mortification.   24 51

chevaux gros monter, *signifie* être endommagé. 10 68

chevaux ombrageux voir, *sig.* finir ses affaires.
6 24

chevaux voir châtrer, *sig.* accuser à tort. 29 68

charrette ou roues voir *sig.* infirmités. 55 90

chandeliers luisans, *sig.* prison. 61 71

cueillir des olives, *sig.* gain. 14 17

cueillir de la neige, *sig.* contestation. 14 41

chambre garnie, *sig.* travail. 55 47

couronne avoir, *sig.* dignité. 62 80

compter de l'argent, *sig.* gain. 90

courir vîte, *sig.* bonne fortune. 20 57

courir nu, *sig.* trompé par ses parens. 18 57

courir et ne pas pouvoir, *sig.* infirmité. 7 40

corbeaux voir, *sig.* tentation. 2 40

corbeaux voir voler, *sig.* péril de mort. 17 20

combattre avec des savans, *sig.* punition des
ennemis. 29

chausse ou soulier avoir, *sig.* gain. 80 90

chien avec badiner, *sig.* dommage. 14 56

confiture manger, *sig.* tromperie. 5 65

coq entendre chanter, *sig.* bonne nouvelle. 45 82

coucher avec des filles, *sig.* assurance. 11 72

compter le monde, *sig.* dignité. 17 90

calmer ceux qui se querellent, *sig.* colère. 51 65

couper la barbe, *sig.* dommage. 12 21

criminel voir, *sig.* bien du monde qui doit
mourir. 12 45

couper des arbres, *sig.* mal. 21 40

D

Dieu avec parler, *sig.* alégresse. 8 14

des grands être assailli, *sig.* honneur. 12 55

des bêtes être inquiété, *sig.* péril. 9 55

des serpens être inquiété, *sig.* accusation d'ennemis. 55 81

de son adversaire être pris, *sig.* passe-temps.
14 50

de chariot descendre, *sig.* perdre les honneurs.
27 58

du pont tomber, *sig.* folie. 65 68

des médecins se voir visiter, *signifie* gain. 16 56

donner quelque chose aux morts, *sig.* dommage. 2 45

dents tomber, *sig.* mort des ennemis. 55 78

dents qui tombent et font mal, *sig.* mort de père et mère. 1 6 50 58

descendre l'escalier ou y arriver, *sig.* gain et alégresse. 15 26

dragon voir, *sig.* alégresse. 19 51

dans la barque entrer, *sig.* voyage. 15 21

dans l'eau claire tomber, *sig.* alégresse. 26 78

dans le temple être, *sig.* bien. 6 77

dans le bain te voir, *sig.* avidité. 5 10

dans l'église te voir, *sig.* alégresse. 3 70 84

dans le fleuve marcher, *sig.* rebellion. 6 54

dans la prison te voir, *sig.* envie. 47 71

dans la mer être lavé, *sig.* honneur. 66 80

dans un monument te voir, *sig.* périls. 5 55

dans le lit couché te voir, *sig.* périls. 11 49

dans le feu te voir jeter, *sig.* colère. 2 14

dans un palais aller, *sig.* avidité. 7 15

dans la terre être enseveli, *sig.* mélancolie. 16 49

dans un petit navire entrer, *sig.* infirmité. 10 55

dans le fleuve se noyer, *sig.* gain. 30 64

E

Eau chaude voir, *sig.* infirmité. 7 52

eau puante voir, *sig.* maladie. 61 85

eau claire voir, *sig.* profit. 14 50 70

ennemis avec toi parler, *sig.* prendre garde. 6 12

être abandonné des grands hommes. *sig.* alégresse. 19 25

être prêt à toute chose, *sig.* troupe d'ennemis. 9 55

être inquiété de quelque bête, *sig.* de même. 5 55

être habillé de blanc, *sig.* alégresse. 10 20

être troublé du mauvais temps, *sig.* piége. 11 51

être fait oiseau, *sig.* changement de lieu. 45 70

être pris de ses ennemis, *sig.* empêchement. 12 50

être marié, *sig.* ennui. 20 87

être banni, *sig.* changement. 26 56

être aveugle, *sig.* quelque délit. 6 21

femme nue voir , *signifie* mort de quelqu'un.   55 59

femme voir ou prendre , *sig.* changer de place.   17 54

femmes belles voir , *sig.* tentation.   6 29
froment mesurer , *sig.* infirmité.   16 68
four brûler voir , *sig.* changement.   7 14
fontaine claire voir , *sig.* abondance.   14 41
fontaine trouble voir , *sig.* effusion de sang.   61 76
flèches décocher , *sig.* dégoût.   6 45
faire des filles épouses , *sig.* dommage.   11 65

G

Grenier voir , *sig.* tentation.   1 18
goûter des confitures ou choses douces , *sig.*
   tromperies.   10 30
gladiateur ou homicide voir , *sig.* tromperie.   48 50

H

Habiter la campagne , *sig.* persécution dans le
   bien.   14 65
hallebardes ou piques avoir , *sig.* guerre.   46 80
habiter avec les princes , *sig.* pouvoir.   14 51
homme tuer voir , *sig.* assurance.   5 10
homme habillé de blanc voir , *sig.* bien.   19 26
hymnes chanter , *sig.* infirmité.   21 60
huile répandue sur toi , *sig.* gain.   50 40
huile répandue par terre , *sig.* dommage.   57 42

J

Jouer avec les chiens , *sig.* gourmandise.   22 81
jupe blanche voir , *sig.* goût.   7 10
jardin faire voir , *sig.* bien.   5 52
incendie voir , *sig.* péril.   5 50
infirme voir , *sig.* tristesse.   45 80

L

Lie de vin voir , *sig.* infortune.   72 86
laver les mains , *sig.* travail.   55 66
laver la barbe , *sig.* propreté.   21 66
laver les pieds , *sig* avidité.   1 84
lampe allumée , *sig.* passion et peine.   15 68
lire des livres , *sig.* des choses naissantes.   14 58
lire des écritures , *sig.* bonne fortune.   14 26
lit bien accommodé , *sig.* fermeté d'ame.   49 64

la mort voir, *signifie* gain. 5 45
la mère voir morte, *sig.* mal. 1 50
lampes voir, *sig.* éloignement de négoce. 45 68
lettres apprendre, *sig.* alégresse. 4 75
lier voir, *sig.* embarras. 20 31
lion voir courir, *sig.* folie. 24 37
lumière voir, *sig.* bon message. 5 44
lune blanche voir, *sig.* passion et peine. 6 26
lune obscure, *sig.* passion. 6 56
lune nouvelle voir, *sig.* débit de marchandises. 6 63
lune ordinaire voir, *sig.* se préserver des trom-
    peries. 6 35
le matin se regarder *sig.* infirmité. 17 55
lever une pierre, *sig.* mélancolie. 2 66

M

Monter en chaire, *sig.* être honoré. 12 17
mouillé te voir *sig.* colère. 25 45
maison voir bâtir, *sig.* guerre. 5 62
maison voir établir, *sig.* consolation. 1 66
maison voir brûler, *sig.* scandale. 14 66
marcher promptement, *sig.* être soigneux. 12 83
manger chair rôtie, *sig.* sécurité, 9 29
manger des châtaignes, *sig.* compagnie. 9 29
manger de l'argent, *sig.* dommage. 9 47
manger des saucisses, *sig.* joie. 9 16
manger du beurre, *sig.* se haïr avec ses parens. 9 51
manger du lard, *sig.* vaincre ses ennemis. 9 14
manger des herbes, *sig.* pauvreté. 17 60
manger du pain, *sig.* longue vie. 17 50
manger du pain blanc, *sig.* gain. 17 60
manger du pain noir, *sig.* mal. 17 51
manger des pommes, *sig.* colère et dédain. 9 15
manger sur la terre, *sig* courroux. 9 16
manger avec sa sœur, *sig.* périls. 6 9
manger avec sa mère, *sig.* obéissance. 8 58
mariage avec sa sœur, *sig.* folie. 3 75
mariage avec une pucelle, *sig* miracle. 12 82

mariage fait avec une veuve, *signifie* gain. 4 65

mer trouble voir, *sig.* mal. 51 80

mer claire voir, *sig.* bien. 69 80

mer calme voir, *sig.* choses perdues. 42 80

mettre un manteau, *sig.* dignité. 8 44

moine te voir faire, *sig.* extrémité et folie. 57 42

mule porter voir, *sig.* augmentation de commerce. 2 15

monter l'escalier, *sig.* honneur. — 13 17

marcher sur les pierres, *sig.* mal. 7 47

N

Naviguer voir, *sig.* empêchement à sa liberté. 45 66

navire avec bourrasque, *sig* travail. 53 58

navire voir naviguer, *sig.* bon ménage. 53 72

naître te voir, *sig.* bonne fortune. 41 60

négocier avec ses marchands, *sig.* élévation. 6 40

nids d'oiseaux trouver, *sig.* bonnes choses. 55 80

nuée voir, *sig.* dissension. 12 14

nu te voir, *sig.* fatigue. 5 18

nourrir des animaux, *sig.* richesse. 12 22

O

Offrir des présens. *sig.* être trompé. 74 90

ours qui assaille, *sig.* persécution des animaux. 7 26

orge manier, *sig.* alégresse. 15 51

or et argent trouver, *sig.* bien. 25 58

œuf blanc, *sig.* bien. 10 25

œuf cassé, *sig.* mal. 75 25

or manier, *sig.* colère. 15 58

oiseaux se becqueter, *sig.* tentation. 18 49

oiseau prendre, *sig.* gain. 18 75

oiseau qui vole sur toi, *sig.* mal. 18 15

P

Putain avec toi, *sig.* déshonneur. 12 51

philosophe avec parler, *sig.* tromperie. 6 48

parler avec les morts, *sig.* longue vie. 6 50

I

sergent qui vient contre toi, *signifie* embûches. 6 50

sang beaucoup, *sig.* dommage. 11 61

serpent tuer, *sig.* séparation des ennemis. 19 88

sépulture voir, *sig.* travail. 3 5 56

sépulture dedans tomber, *sig.* chagrin. 5 65

sentir douleur au cœur, *sig.* maladie et péril. 2 16

statue voir, *sig.* tristesse. 3 55

soufre voir, *sig.* être empoisonné. 45 86

souliers neufs avoir, *sig.* gain. 28 60

soleil trouble, *sig.* guerre. 1 51

sur le bois être, *sig.* longue vie. 6 24

T

Tuer des oiseaux, *sig.* dommage. 10 76

tuer des abeilles, *sig.* dommage. 10 80

tetons pleins de lait, *sig.* gain. 2 28 60

toucher du clavecin, *sig.* contraste. 9 75

table voir tomber, *sig.* alégresse. 63 89

trouver de l'or, *sig.* ennui. 23 58

trouver un arbre, *sig.* perte. 23 65

tirer aux oiseaux, *sig.* que tes ennemis t'assaillent. 64 76

trouver quelqu'un nu, *sig.* trouver un négoce. 23 50

traverser un fleuve, *sig.* sécurité. 50 41

testament faire, *sig.* mal. 17 52

ténèbres voir, *sig.* infirmité. 45 72

tourmenter te voir de la justice, *sig.* futures amours. 52 70

tête à cheveux longs, *sig.* virginité. 9 28

tête rasée, *sig.* tromperie. 9 25

tête blanche voir, *sig.* alégresse. 9 26

tête te voir laver, *sig.* dommage. 9 66

table servie, *sig.* abondance. 44 75

te voir créancier d'autrui, *sig.* perte. 20 45

te voir enveloppé d'un linceuil, *sig.* mort. 2 81

V

Visage beau voir, *sig.* bonheur ou longue vie. 14 15

voir venir contre toi des hommes armés, *signifie* tourment. 7 85

voir des armes, *sig.* recevoir des honneurs. 45 85

voir brûler, *sig.* pleurs. 14 76

voir danser, *sig.* infirmité. 5 40

voir brûler le feu, *sig.* dissipation de bien. 15 51

voir venir du monde chez toi, *sig.* larmes. 5 90

voir de l'eau dessus toi, *sig.* bien. 52 34

voir des bœufs, *sig.* paix. 5 54

voir des roses, *sig.* alégresse. 56 80

voir courir, *sig.* la même chose. 57 46

voir des cerfs, *sig.* gain. 12 60

voir des chameaux, *sig.* richesse. 66 74

voir des corps qui tombent, *sig.* infirmité. 18 65

voir des champions, *sig.* longue vie. 6 66

voir frères et sœurs, *sig.* gain. 6 74

voir des fantômes, *sig.* travaux. 2 19

voir du feu, *sig.* grands périls. 14 20

voir se jeter dans le feu, *sig.* colère. 16 20

voir le loup, *sig.* ne pouvoir parler. 21 45

voir de la neige, *sig.* bonne nouvelle. 41 70

voir des filles, *sig.* pluie. 5 90

voir des oies, *sig.* honneurs. 5 63

voir des plaies, *sig.* infirmités. 56 40

voir des habits, *sig.* misère. 25 51

voir femme noire, *sig.* maladie. 54 76

voir femme blanche, *sig.* délibération. 26 27

voir mourir, *sig.* abandon. 72 80

voir une éclipse de soleil, *sig.* puissance. 1 26

voir une éclipse de lune, *sig.* obscurité. 6 26

Le Soleil. 1.

Escouade de Guet
de nuit. 2.

Tonneau de vin
en cave. 3.

Étoiles et
Comètes. 4.

Fosse de mort. 5.

La Lune. 6.

Le Chien
et l'Ours. 7.

Une paire de
Ciseaux. 8.

L'Echanson ou le
Garde-Buffet. 9.

Canons et
Boulets. 10.

La Souricière. 11.

Le Chapelier. 12.

I 3

La Chandelle
allumée. 13.

Le Sommelier. 14.

Le Moulin. 15.

Le Peintre. 16.

La Paix. 17.

Le Musicien
ambulant. 18.

Le Fendeur de
bois.   19.

Le Boulanger. 20.

Le Barbier. 21.

Le Remouleur. 22.

Le Tisserand. 23.

Escouade du Guet
du jour.   24.

Le Laboureur. 25.

La Diseuse de
bonne fortune. 26.

Le Coffretier. 27.

Le Tailleur. 28.

Champ de Ba-
taille. 29.

Le Maçon. 30.

Le Farinier. 31.

Le Soldat en
sentinelle. 32.

La Religieuse et le
Valet. 33.

Le Charron. 34.

L'Orfèvre. 35.

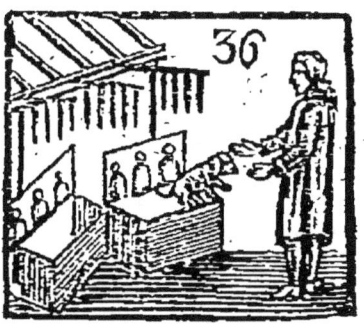

L'Apothicaire. 36.

Le Savetier. 37.

Le Porte-enseigne.
38.

La Justice et le cri-
minel pendu. 39.

Le Cabaret ou
l'Hôtellerie. 40.

Le Pêcheur à la
ligne. 41.

Le Marchaud de
tabac. 42.

Dames au Balcon.
43.

Vendeur de Châ-
taignes.   44.

Blanchisseuse qui
lave le linge.   45.

Chariot avec des
cuves de vin. 46.

Une Tour. 47.

Gladiateurs qui se
battent. 48.

Maquerelle et
Amoureuse.   49.

Une Anguille dans
l'eau.   50.

Le Cocher et le
Carosse.   51.

Le Jardinier et le
Jardin.   52.

Une Galère ou
vaisseau.   53.

Plusieurs Bœufs
qui dorment.   54.

Deux Vipères ou
Serpens.   55.

Un Taureau en
furie.   56.

Berger avec ses
Moutons. 57.

Vendeur de fruits.
58.

Vases de Fleurs.
59.

Cerf qui fuit. 60.

K

Chasseur qui tire.
61.

Imprimeur en
Estampes.   62.

Deux époux qui se
donnent la main. 63,

Olivier et Palmier.
64.

Le Chien et un
Chat. 65.

Une Maison neuve.
66.

Le Puits et la femme
qui tire de l'eau. 67.

Un pont et du monde
qui passe. 68.

Sanglier dans le
bois. 69.

Palais royal. 70.

Ferrailleur. 71.

Joueurs de boules.
72.

K 2

Un Hôpital avec
ses lits.   73.

Une Grotte. 74.

Un Suisse et un
Pélerin. 75.

Une Fontaine qui
jette de l'eau. 76.

La Femelle du
Buffle. 77.

Vendeur de
Tisane 78.

Le Serrurier. 79.

Le Courrier et le
Postillon. 80.

Deux hommes qui
jouent aux cartes. 81.

Le Marchand
d'huile. 82.

Pin et Pommes de
Pin. 83.

Eglise et son
Clocher. 84.

Marchand de cuil-
lers à pots.   85.

Vigneron qui taille
la vigne.   86.

Le Tailleur et sa
boutique. 87.

Le Boulanger.   88.

L'Envie.   89.

La Fortune que je
vous souhaite. 90.

FIGURE PENTAGONE.

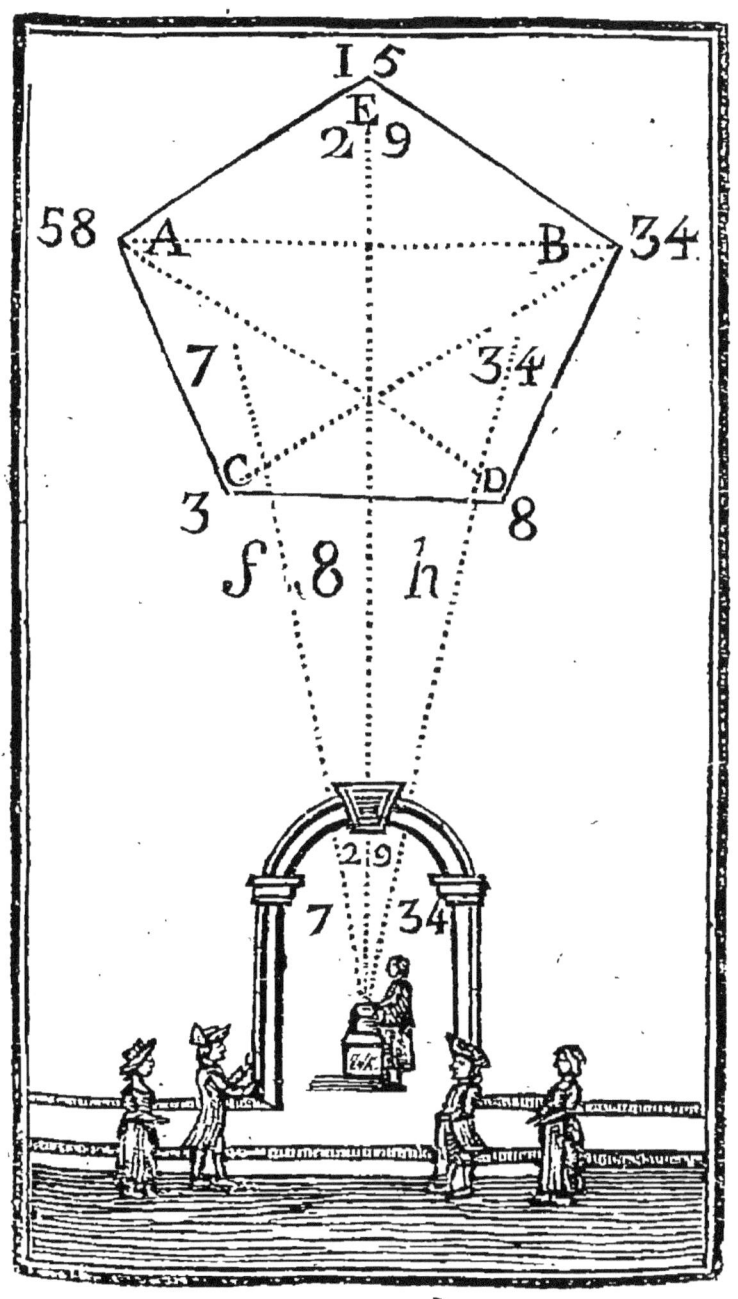

EXPLICATION

DE LA

FIGURE PENTAGONE,

*Qui a été mise en l'année 1755, par l'Impri-
meur, pour l'augmentation de ce Livre, telle
qu'on la voit ici.*

J̇e vous ai promis, mon cher Lecteur, dans ma
Préface de l'an passé, de vous donner cette année
1755, une instruction mathématique pour tenter
la fortune dans les fréquens tirages des loteries.
J'en ai voulu faire moi-même quelques épreuves
dans celles qu'on tire ailleurs qu'ici, qui, à la
vérité, m'ont causé quelques pertes; car dans la
première que je fis à la loterie de Parme du 5 janvier 1754, je n'y gagnai qu'un seul extrait, n° 26;
je la répliquai à la loterie de Mantoue, du 17 janvier, et j'y gagnai deux extraits et un ambe sur
les numéros qui y sortirent. 58, 80, je voulus
éprouver pour la troisième fois à la loterie de
Venise, qu'on tira le 7 février 1754; heureusement pour moi que la crainte de ne pas gagner ne
m'empêcha point de charger mes cinq numéros,
comme je les entendis nommer de tout le monde,
7, 54, 29, et j'eus mille écus de gain. Voici la
preuve évidente de ce que j'ai l'honneur de vous
dire avec l'explication de ladite figure.

Un de mes amis m'ayant prié de lui expliquer
la vertu de la *Figure Pentagone*, je la lui dessinai
telle qu'on la voit, pour me conformer à ses
souhaits; et lui fis remarquer, qu'en écrivant les
numéros extraits de la façon qu'ils sont dans
ladite figure, il commença par le dernier numéro
extrait; et le plaçat dans l'angle *A*; ensuite dans

l'angle *B*, le quatrième extrait; de là dans l'angle *D*, le troisième; dans l'angle *C*, le second extrait; et enfin dans l'angle supérieur *E*, le premier extrait. Cela étant fait, je lui ajoutai qu'il fallait qu'il sommât le numéro *A* avec les correspondans *E*, *C*; ensuite le numéro *C* avec les correspondans *E* et *D*; après le numéro *C* avec le correspondant *D*, et avec la somme *A*, *B*; puis le numéro *D*, avec le numéro correspondant *C*, et avec la susdite somme, en divisant et multipliant les produits avec le numéro supérieur *E*, il trouverait toujours trois numéros, qui fort souvent donnent le terne, l'ambe, l'extrait.

Tableau des Payans des 90 Numéros de la Loterie.

1	Paye par le	.	46	24	.	.	.	69
2	.	.	.	47	25	.	.	.	70
3	.	.	.	48	26	.	.	.	71
4	.	.	.	49	27	.	.	.	72
5	.	.	.	50	28	.	.	.	73
6	.	.	.	51	29	.	.	.	74
7	.	.	.	52	30	.	.	.	75
8	,	.	.	53	31	.	.	.	76
9	.	,	.	54	32	.	.	.	77
10	.	.	.	55	33	.	.	.	78
11	.	.	.	56	34	.	.	.	79
12	.	,	.	57	35	.	.	.	80
13	.	.	.	58	36	.	.	.	81
14	.	.	.	59	37	.	.	.	82
15	.	.	.	60	58	.	.	.	83
16	.	.	.	61	39	.	.	.	84
17	.	.	.	62	40	.	.	.	85
18	.	.	.	63	41	.	.	.	86
19	.	.	.	64	42	.	.	.	87
20	.	.	.	65	43	.	.	.	88
21	.	.	.	66	44	.	.	.	89
22	.	.	.	67	45	.	.	.	90
23	.	.	.	68				

Tableau des adversaires de chaque numéro.

1	Son adversaire		89	24	.	.	.	66
2	.	.	.	88	25	.	.	.	65
3	.	.	.	87	26	.	.	.	64
4	.	.	.	86	27	.	.-	.	63
5	.	.	.	85	28	.	.	.	62
6	.	.	.	84	29	.	.	.	61
7	.	.	.	83	30	.	.	.	60
8	.	.	.	82	31	.	.	.	59
9	.	.	.	81	32	.	.	.	58
10	.	.	.	80	33	.	.	.	57
11	.	.	.	79	34	.	.	.	56
12	.	.	.	78	35	.	.	.	55
13	.	.	.	77	36	.	.	.	54
14	.	.	.	76	37	.	.	.	53
15	.	.	.	75	38	.	.	.	52
16	.	.	.	74	39	.	.	.	51
17	.	.	.	73	40	.	.	.	50
18	.	.	.	72	41	.	.	.	49
19	.	.	.	71	42	.	.	.	48
20	.	.	.	70	43	.	ɔ	.	47
21	. .	.	.	69	44	.	.	.	46
22	.	.	.	68	45	.	.	.	45
23	.	.	.	67				

Numéros des Apôtres.

12 39 48 57 66 75 84.

D'après les remarques faites par plusieurs personnes, ces sept numéros font presque toujours ambe ou terne dans les mois de mai et septembre.

CABALES PERPÉTUELLES.

JANVIER.	FÉVRIER.
4 3 2	2 5 3
7 5	7 5
5	6

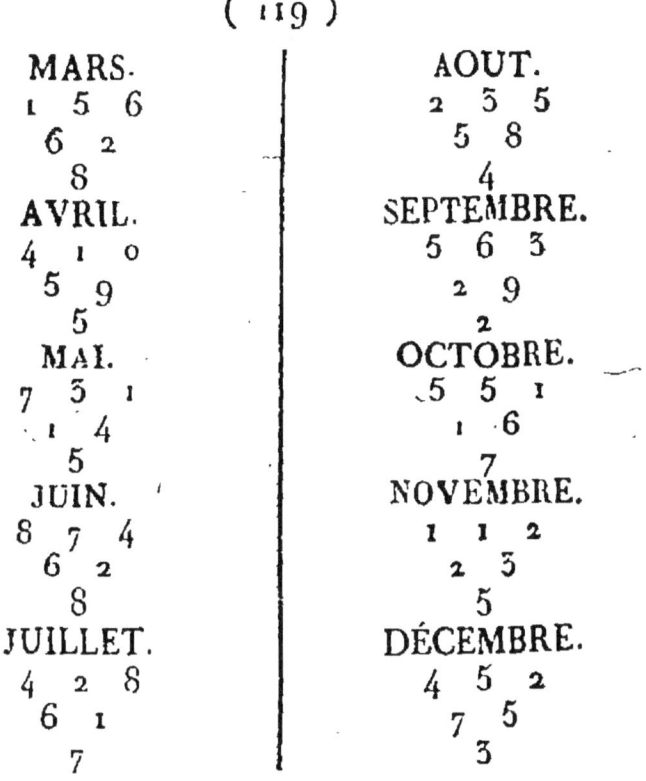

MARS.			AOUT.		
1	5	6	2	5	5
	6	2		5	8
	8			4	

AVRIL.			SEPTEMBRE.		
4	1	0	5	6	3
	5	9		2	9
	5			2	

MAI.			OCTOBRE.		
7	5	1	5	5	1
	1	4		1	6
	5			7	

JUIN.			NOVEMBRE.		
8	7	4	1	1	2
	6	2		2	5
	8			5	

JUILLET.			DÉCEMBRE.		
4	2	8	4	5	2
	6	1		7	5
	7			3	

CABALES,

Ou nouvel Albumazzar de CARPENTERI, *pour cette présente année* 1832

JANVIER.

6   7

5

2   1

Il faut joindre le 5 au 7, et le 6 au 2.

FÉVRIER.

5   8

4

1   0

Prenez le 4 avec le 0, et joignez 1 au 5.

MARS.

2   5

5

7   9

Joignez le 7 au 9., et liez les deux premiers.

AVRIL.

7   5

3

1   4

Prenez les deux premiers, et sommez les autres.

MAI.

8   9

2

3   5

Regardez-les par le travers, et après sommez.

JUIN.

4   5

0

1   8

Joignez 1 au 0, et le 8 au 5 et 4.

JUILLET.

7   4

3

5   6

Liez le 5, le 7, le 4 et le 6.

AOUT.

6   0

5

4   9

Joignez le 0 au 6, et le 5 au 4.

SEPTEMBRE.

7   4

2

6   9

Sommez 7 et 4, 2, 6 et 9.

OCTOBRE.

1   5

6

2   7

Liez le 5, Le 6, 1 et 7.

NOVEMBRE.

6   3

9

4   0

Ne redoublez pas ; mais tel quel.

DÉCEMBRE.

4   5

0

5   8

Où l'on ne touche le zéro, on les joue tous.

---

*Nouvelle Cabale, pour les tirages de Rome
Paris, Bruxelles, Naples, Florence,
Sienne, etc.*

POUR faire cette nouvelle Cabale, il faut prendre d'abord le jour du tirage, et puis les calendes du mois ; sommez le tout ensemble, comme par exemple, pour Sienne le jour du tirage du 27 aôut 1774, le jour des calendes du même mois qui était le 6 ; ainsi 27 du jour du mois, et 6 des calendes, font la somme du nombre 33 ; ensuite il faut mettre ce 33 sous tous les extraits sortis dans le tirage antérieur du même lieu. Vous les tirerez en bas par neuf, en ferez cinq colonnes. et après les avoir faites, vous trouverez presque tous les cinq numéros qui sortirent au tirage du 27

L

août 1774. Ceux qui sortirent furent 59. 15, 51, 53, 85. En voici un vrai exemple :

Le 27 août Sienne 1774,
Calendes 6 : après, sommez.

↦   53. A présent mettez y les cinq extraits du tirage antérieur du 22 juin, et sous chacun de ces extraits mettez-y le 53.

Exemple.

↦ 25 — 80 — 65 — 19 — 75.
   53 — 53 — 53 — 53 — 53.
↦ 58 — 25 — 64 — 43 — 16.

    4   5   4   7   7

Par le moyen de ces colonnes de dessous et de dessus, vous trouverez le tirage qui se fit le 27 août susdit, et soyez assuré que l'ambe ne vous manquera pas pour quelque autre tirage que ce soit, pour Paris, Bruxelles, Rome, etc.

Autre Observation cabalistique.

POUR Rome, Naples, ou toute autre ville, autant que pour Paris, Bruxelles et Florence où elle se vérifia le 7 septembre et 27 octobre, comme vous l'allez voir par la présente démonstration. Donc, pour la former, vous prendrez seulement le premier extrait du tirage antérieur de chaque différente loterie, et après l'avoir placé, vous réduirez alors ce nombre à trois seuls numéros par neuf. comme par exemple : si c'étoit 75, vous direz alors 7 et 5 font 12, ce qui fait aussitôt 3. qui reste des 9 à ceux qui ont coutume de faire la cabale par neuf. Alors il restera donc placé 75 et 3, tous à la vérité joints au 3, et ensuite vous suivrez à tirer en bas jusqu'à quatre nombres les uns sur les autres, en forme de degrès, après lesquels vous trouverez au cinquième 4 numéros sortis, et aussi au bas des mêmes nombres, et même plus d'un, comme il arriva au tirage de Rome du 7 juillet, qu'il y en eut quatre, et qui sortirent audit tirage, 58, 25, 42, 13, 65 ; de façon que le premier extrait qui sortit antérieurement au tirage du 28 mai 1774, fut le 45.

En voici l'exemple pour Rome, du 7 juillet 1774.

$$459$$
$$955$$
$$516$$
$$674$$
$$\overline{}$$

$$\leftrightarrow \quad 42 \text{———} 6$$
$$6 : 8$$
$$: 5 :$$
$$4 \qquad 2$$

Et puis pour Florence, au tirage du 7 septembre, le premier extrait du tirage antérieur ayant été 10.

$$101$$
$$112$$
$$235$$
$$584$$
$$\overline{}$$

$$\leftrightarrow \qquad 45.7, \quad \text{Le } 45 \text{ fut le premier}$$
$$71 \quad \text{qui sortit, et il sortit}$$
$$8 \quad \text{aussi au tirage du } 27$$

octobre, que sortit aussi le premier le 76.

Autre tirage de Livourne.

POUR vous convaincre de la vérité de la Cabale ci-devant, dans laquelle je vous ai parlé du jour du mois et des calendes réduits en sommes, et que mettant cette somme aux cinq extraits du tirage antérieur, comme par exemple, le 21 juillet 1774, que sortirent les numéros 66, 64, 17, 25, 85. Ainsi, pour en avoir de bons numéros pour ledit tirage, on prit les cinq du tirage antérieur fait le 19 mai 1774, avec le

nombre que vous aurez sommé de 21 et 5 des calendes du mois de juillet, vous aurez 26.

$$4 - 76 - 83 - 89 - 87.$$
$$\mapsto \quad 26 - 26 - 26 - 26 - 26.$$

$$\mapsto \quad 21 - 63 - 19 - 16 - 14.$$
$$3 \quad \ 3 \quad \ 2 \quad \ 7 \quad \ 5.$$

Ainsi, comme de coutume, entre ceux qui sont
dessous et ceux qui sont dessus, vous verrez
qu'on en tire les 66, 67, 71, n'étant pas peu de
chose d'en extraire un terne. Vous voyez la même
chose au tirage du 28 septembre, que sortirent
22, 49, 70, 73, 55. En voici l'exemple :

$$66 - 64 - 17 - 25 - 85.$$
$$\mapsto \quad 55 - 55 - 55 - 55 - 35.$$

$$\mapsto \quad 62 - 66 - 45 - 51 - 21.$$
$$2 \quad \ 9 \quad \ 7 \quad \ 6 \quad \ 3.$$

Comment encore au tirage du 24 novembre,
dont voici l'exemple :

$$\mapsto \quad 22 - 49 - 70 - 73 - 55.$$
$$33 - 33 - 33 - 33 - 33.$$

$$\mapsto \quad 55 - 73 - 13 - 65 - 88.$$
$$1 \quad \ 5 \quad \ 4 \quad \ 7 \quad \ 7.$$

Cabale vérifiée à Livourne.

POUR avoir donc le numéro qui doit sortir dans
une dizaine, ou dans une quarantaine, ou enfin
dans une cinquantaine, il suffit d'enseigner comme
il faut faire dans une des neufs dizaines, et d'en
rapporter un exemple. On doit prendre pour règle
les numéros qui sont sortis dans le tirage antérieur ; et si par hazard le 66 était sorti le premier,
vous direz : 6 et 6 font 12, et vous mettrez trois,
comme si c'était une pyramide qu'on dût tirer en
bas par neuf; en un mot, il faudra toujours mettre

ce qui reste de 9 ; mais si ce numéro ne passait pas le neuf, et que ce fût par exemple, un dix-sept, alors il faudra mettre un huit, et après que vous aurez écrit les cinq seuls numéros, vous prendrez le premier et second numéros, quoique ce fût ensemble un trente-six et depuis celui-là vous compterez jusqu'au bas ; et après avoir fait ladite somme, et qu'il en résulte par hazard le cinquante-trois, cette dizaine du cinquante vous servira de règle, parce qu'elle renfermera le numéro, comme par exemple, au tirage de Livourne, du 21 juillet, sortirent les numéros, 66, 64, 17, 25, 85. Ainsi, pour avoir donc le numéro du tirage qui se fit le 28 septembre 1774, en voici le susdit exemple :

→ 51774—50, il sortit 50.

5.

Sommez ces numéros de la façon qu'on vient de dire.

CABALE VÉRIFIÉE A ROME.

Je vous enseignerai encore une Cabale pour trouver l'extrait à la fin de la pyramide que je vous rapporte ci-dessous pour exemple.

IL faut prendre d'abord le premier extrait du tirage antérieur, et puis les chiffres de l'année courante, ensuite le jour du tirage qu'on devra faire après. Ainsi, le tirage s'étant fait à Rome le 15 septembre de l'année 1774, et ayant pris le 24, qui fut le premier extrait du tirage antérieur du 15 août, en tirant en bas par neuf, vous trouverez le numéro fortuné, comme vous le voyez.

Premier extrait 24177415 jour du tirage.

6585256

244772

68259

5175

685

52 (sortirent

→ 7) 56 57

Autre exemple du tirage de Rome du 15 octobre 1774·

Premier extrait   56177415   jour du tirage.
2785256
964772
61259
7373
115

⇥   24 (il sortit le 26.
6)

Vous pourrez vous servir de cette cabale pour tenter la fortune dans toutes les loteries, de quelque ville que ce soit.

Cabale vérifiée à Naples.

OBSERVEZ, mon cher lecteur, si je vous ai dit vrai, Vous prendrez, comme au tirage de Rome, le premier extrait du tirage antérieur, et les chiffres de l'année courante. Vous placerez ce premier extrait avant lesdits chiffres, auxquels vous ajouterez après le quatrième jour que se devra faire le tirage suivant ; comme, par exemple, le 12 novembre de l'année 1774, et le premier extrait du tirage antérieur qui se fit le premier octobre de la même année, auquel sortit le 6. En voici l'exemple.

61774	6177412
7852	785255
647	64778
⇥ 12	1256
5	572
	⇥ 19
	1

On voit donc dans ces deux pyramides que l'ambe sortit, puisque le 12 novembre les numéros 11, 15, 66, 67, 75, sortirent de la roue de fortune, comme on voit à la fin de la Cabale suivante.

La Cabale suivante est encore plus admirable, et fut vérifiée à Naples au même tirage que l'antérieur.

PRENEZ d'abord le sommé ou le résidu des chiffres de l'année, qui pour 1774 était 19, et mettez à côté le quantième du jour du tirage, puis celui des calendes du même mois, comme par exemple au premier octobre, et après les avoir posés en petite pyramide, en restant toutefois aux deux premiers nombres, vous descendrez de dix en dix jusqu'à trois rangs et le dernier des trois sera le numéro à sortir, comme vous l'allez voir par l'exemple suivant, que le 41 sortit; et ainsi vous trouverez dans les premiers trois d'en haut de la petite pyramide le 11; car au tirage du premier octobre sortirent les numéros suivans.

4   6   11   41   54.

Et au tirage du 12 novembre.

11   13   66   79   85.

En voici les deux exemples :

1. OCTOBRE 1774.   12 NOVEMBRE 1774.

```
  1918                  1959
  119 ———— 11           155 ———— 13
   21                    66

  ———————————           ———————————
   51 ———— 41           56 ———— 66
   41                   66
```

Il faut prendre garde que lorsque le jour du tirage a un nombre double, comme par exemple le 12, on met alors un 5, et si c'était le 15, on mettrait un 6.

LE CHÊNE D'OR.

MANIÈRE *nouvellement inventée par un grand Philosophe, pour prévoir les numéros qui sortiront dans toutes les Loteries qui existent.*

VOICI, si vous l'agréez, un trésor en abrégé; il vous servira comme de guide et de lumière pour suivre sans s'égarer, dans tous les jeux qui se font par le moyen des nombres, les voies aveugles du hazard. Vous resterez sans doute étonné de ma proposition, mais venons-en aux preuves. Je sais que les règles que je vous en donne ne peuvent égaler celles qu'en ont données le fameux Jean Pic de la Mirandole, le grand Rutilius dans la Calabre, l'Arèman dans l'Allemagne, et enfin le docteur Agrippa, dans son excellent traité de *Occultâ Philosophiâ*; mais pour ceux qui se contentent d'une médiocre science, conformément à ce que nous en dit le grand Apôtre: *Non plus sapere quàm oportet sapere ad sobrietatem* on les fera arriver par le seul moyen de quelques petits enseignemens, je ne dis pas à une entière connaissance des choses futures, mais à un point pourtant qu'ils en seront étonnés. Je juge donc que par le moyen des planètes, sous la direction desquelles marchent les règles que je vous offre, plus que par les proportions d'algèbre, et les autres enseignemens mathématiques, qui, lorsque je les ai étudiés, m'ont paru presque composés de toutes les autres Cabales, on peut plus facilement parvenir à la connaissance des numéros qui doivent sortir de la roue de Fortune. Ainsi, mon cher lecteur, jusqu'à ce que vous soyez venu aux preuves de ce que j'ai l'honneur de vous dire, n'en ayez aucune répugnance, ne le méprisez pas en le rejetant, et modérez quelque peu la rigueur de la proposition qui dit : Qu'il n'est point permis aux mortels de parvenir à la connaissance de l'avenir. Pour moi, ayant aussi été nourri et imbu des mêmes préjugés dans lesquels vous pouvez être, j'ai fait tout mes efforts pour les surmonter, de quoi je n'ai pas été fâché, m'étant ensuite aperçu que le proverbe qui dit : Qui ne risque rien, ne gagne rien, est des plus vrais. *Audaces Fortuna juvat.*

Si je vous parle de cette façon, c'est la vérité infaillible de l'expérience qui m'y force. Soyez donc assuré que ce n'est que le grand désir que j'ai de vous être utile, qui m'engage de mettre au jour de pareilles règles : elles m'ont procuré un si grand avantage, que mon intention est que vous puissiez en profiter. Je ne prétends cependant pas vous dire que mes Cabales puissent, chaque fois que vous mettrez à la Loterie, vous être sûrement favorables ; mais aussi je dis que si vous ne vous épouvantez pas de la première fois que vous aurez un sort malheureux, et qu'en homme courageux vous suiviez dans les autres tirages leurs préceptes, vous verrez que votre avantage sera aussi grand qu'infaillible. Car enfin, quoiqu'on prenne sans erreur la mesure des autres, et qu'on observe exactement et avec scrupule tout ce qui concerne les signes du zodiaque, les numéros quelquefois n'y répondront pas ; mais pourquoi ? Ce n'est pas que l'influence des planètes sur les causes qui donnent le mouvement à tous les corps sublunaires ne soit vrai et incontestable, mais c'est parce que Dieu permet le contraire par une cause particulière, et que les hommes n'ont point la capacité de comprendre ce que les astrologues expliquent parfaitement par ce vulgaire

axiome : *Astra inclinant, sed necessitant ;* et que
Salomon a encore mieux donné à entendre au chapitre
29 de ses Paraboles : *Multæ cogitationes in corde
viri, voluntas autem Domini æternum permanebit.*
Servez-vous donc, mon cher lecteur, de tout ce que
je vous apprends ; je ne puis vous rien enseigner de
meilleur ; regardez-le comme un présent que je vous
fais, et dont je suis certain que les effets qui en ré-
sulteront seront un jour si heureux, que vous serez
forcé de bénir celui qui vous le donne, et qui vous prie,
avant que de vous appliquer à cette étude, d'élever
votre esprit à Dieu, qui est le principe et la source de
tout bien, et ensuite de vous en prévaloir sans diffi-
culté. Suivez mon avis, comme bon et véritable, et
vivez heureux.

CHÉNE D'OR.

On prend les numéros, et on les écrits en lettres,
qu'on réduit ensuite en numéros, de la façon qu'on
voit dans l'alphabet ci-après.

Quand on a tiré toute la somme, on fait la première preuve, observant si, les 12 étant ôtés, il y
reste le numéro d'or, à savoir un des sept qui sont
qui sont sur les rameaux du Chéne.

Après cela, on ajoute à la même somme le nombre du nom du jour, puis le nombre du jour courant
du mois, le nombre des calendes, et enfin le nombre
du jour de la lune. Cela étant fait, on somme, et
on fait la seconde preuve, observant si, tous les
12 étant ôtés, le nombre qui reste est un des nombres d'or.

Après cela on joint à toute la somme 544, et
de la somme qui en résultera, on en ôte le 12,
en faisant la troisième preuve, observant si le
nombre qui reste est des rameaux d'or ; si cela

est, c'est un signe infaillible de l'extraction de ce numéro qui reste est 1, et par la seconde 11, ce numéro n'est pas bon, et on doit le rejeter.

Remarquez que pour Turin le 55 vaut, et pour Gênes le 520. Cela étant donc connu, donnons-en un exemple, et supposons de vouloir prouver le numéro 9, extrait à Turin l'an 1700, le 16 mars, un jour de mardi.

Sommaire de ce qu'on vient de dire, avec son exemple.

Premièrement, on doit réduire le numéro 79 comme on démontre ci-après, et la somme des nombres étant faite, qui est 115, de laquelle les 12 étant ôtés, il reste 7 qui est le nombre d'or.

En second lieu, on y ajoute le nombre du jour, qui est 15, puis le nombre du jour courant, qui est 16, puis le nombre des calèndes, qui est 1, puis le nombre du jour de la lune, qui est 26. Toute la somme étant faite, qui est 17, les 12 étant ôtés, on fait la seconde preuve ; car il reste le 5, qui est le nombre d'or.

Après cela, à toute la susdite somme, on ajoute le nombre 554, ce qui fait 507 ; ôtez de cette somme le 2, reste le 5 qui est le plus heureux nombre d'or, ce qui fait la troisième preuve, qui est un signe indubitable de l'extraction du numéro recherché.

REMARQUE.

On trouve par cette règle les numéros 21, 51, 15, 28 du tirage de Turin; et de cette façon on peut savoir partout, tant à Rome, Florence, Naples, Gênes, Venise, Livourne qu'à Paris et à Bruxelles, les noms qui sont choisis.

EXEMPLE.

Soixante et dix-neuf, 79.								Avec le nom. Numéro extrait des nombres de l'alphabet.
S	.	.	.	.	.	.	19.	
E	.	.	.	.	.	.	15.	
T	.	.	.	.	.	.	8.	
T	.	.	.	.	.	.	8.	
A	.	.	.	.	.	.	3.	
N	.	.	.	.	.	.	11.	
T	.	.	.	.	.	.	8.	
A	.	.	.	.	.	.	5.	
N	.	.	.	.	.	.	11.	
O	.	.	.	.	.	.	9.	
V	.	.	.	.	.	.	5.	
E	.	.	.	.	.	.	15.	

Somme 115.

En ayant ôté 12, 9; reste 7.

Somme.	.	.	115.
Jour de la semaine.			15.
Jour du mois.	.		16.
Calendes.	.		1.
Jour de la lune.	.		26.

Somme. . . . 175.

Somme ci-contre, 175.
Ayant ôté les 12, 14, reste   5.
On ajoute, 524.
Somme. . . 507.

Ayant ôté, 12, 41, reste 5.

JOURS DE LA SEMAINE.

Dimanche.			13
Lundi.			18
Mardi.			15
Mercredi.			25
Jeudi.			11
Vendredi.			10
Samedi.			26

Pour Turin, 534
Pour Gênes, 520

ALPHABET.

A.	B.	C.	D.	E.	F.	G.	H.	I.	K.	L.	M.
3.	5.	17.	4.	15.	3.	6.	7.	15.	16.	12.	26.

N.	O.	P.	Q.	R.	S.	T.	V.	X.	Y.	Z.
11	9.	14.	25.	21.	19.	8.	5.	6.	7.	3.

LA CLEF D'OR,

Ou le véritable Trésor de la FORTUNE.

O<small>N</small> peut, au moyen de ce précieux livre, avec peu d'argent gagner beaucoup d'or. J'en suis moi-même un exemple frappant (*).

Sans connaissance ni aucun principe sur la Loterie, que des idées imaginaires et formées au hasard, j'ai voulu suivre le cours ordinaire des chances que chacun met en usage pour faire une fortune rapide, espérant par ce moyen me la rendre favorable, et devenir par

(*) C'est l'auteur de la Clef d'Or qui parle.

M

son secours le plus puissant de mon siècle; mais je l'ai
tentée en vain, l'ingrate n'a pas voulu sourire. Voyant
que je n'avais pas le bonheur d'être de ses amis, j'ai
pensé que peut-être les mathématiques pourraient me
fournir un moyen sûr pour me réconcilier avec elle.
En effet, après de longues recherches et beaucoup de
travaux, je suis parvenu à trouver la Clef de ces trésors
que j'avais recherchés jusqu'ici avec un soin tout par-
ticulier, j'ai suivi en ceci ces paroles de l'Ecriture
sainte.

Quærite et invenietis,
Pulsate et aperietur vobis.

Je puis dire, en effet, que j'ai eu lieu d'en être con-
tent; car, dans l'espace de deux ans et demi, j'ai gagné
plus de trois cent mille livres à la Loterie.

L'amour de mes semblables m'engage à leur dévoiler
mon secret. Une fortune rapide et prodigieuse sera le
fruit de la confiance qu'ils m'accorderont. Voici mon
procédé.

Chacun sait que la Loterie est composée de quatre-
vingt-dix numéros dont cinq seulement sont tirés de
la roue de fortune; mais ce qu'on ne sait pas, et ce
que j'ai découvert par un travail opiniâtre dans les
mathématiques, c'est que chaque numéro a *cinq nom-*
bres sympathiques qui sortent en cinq tirages après le
numéro avec lequel ils ont rapport; c'est-à-dire
qu'il faut les suivre pendant cinq tirages après la sortie
de chaque numéro pour gagner, parce que telles sont
les règles sur lesquelles ce jeu a été établi.

Il est bien rare, sur les cinq *numéros sympathiques*
de chacun des cinq numéros gagnans par leur sortie
tous les quinze jours, d'en trouver un au cinquième
tirage qui ne soit pas sorti. Chaque tirage en produit
communément un ou deux. Souvent on les voit paraître trois à la fois, quelquefois, mais plus rarement,
quatre. On a même vu les cinq nombres sympathiques

du même numéro sortir tous au même tirage. On peut
s'assurer de tout cela en parcourant dans cet ouvrage
les différentes sorties de chaque numéro depuis l'établissement de la loterie. Les amateurs peuvent s'en
rendre raison, en en faisant l'expérience eux-mêmes.
Ils verront que jamais aucun de ces jeux n'a manqué
jusqu'à présent; mais quand même ils viendraient à
manquer quelquefois dans la suite, il ne faudrait pas
s'en étonner, mes calculs m'ayant fait connaître que
chaque jeu doit manquer cinq fois dans l'espace de
cent ans.

Pour mettre chacun à même de faire ces épreuves,
je vais en faire une moi-même, et donner deux exemples de la prompte sortie de plusieurs nombres sympathiques de deux numéros dans les tirages qui ont
suivi leur sortie.

Démonstration sur les deux numéros 50 *et* 56 (*).

EXEMPLES POUR LE 50.

Nombres sortis au premier tirage de février 1777.

12   21   1   27   50

Cours des cinq tirages qui ont suivi.

29	25	85	42	25
51	65	17	82	52
2	6	55	24	18
65	58	14	82	78
24	47	52	68	40

Dans ces cinq tirages après la sortie du 50, on trouvera que dans ses cinq nombres sympathiques, il en
est sorti quatre au second, qui sont 65, 17, 82, 52;
un au quatrième, 82; et un autre au cinquième, 52.

(*) Voyez, page 156 ci-après, les nombres sympathiques
de ces deux numéros.

M 2

EXEMPLES POUR LE 36.

Nombres sortis au premier tirage de mai 1779.

32 26 61 36 90

Cours des cinq tirages suivans.

11	88	90	27	54
75	16	30	88	56
65	7	69	90	76
4	36	42	7	50
20	63	89	73	75

Dans ces cinq tirages également après la sortie du 36, on trouvera que dans ses cinq nombres sympathiques, il en est sorti deux au premier tirage, 88, 27; trois au second, 75, 30, 88, et un au cinquième, 75.

TABLEAU *des quatre-vingt-dix numéros, avec les cinq nombres sympathiques de chacun.*

N°.	Nombres sympathiques.				
1	17	32	56	73	76
2	37	52	64	82	90
5	17	22	42	64	74
4	30	40	50	70	76
5	21	22	36	37	82
6	32	56	37	71	87
7	17	21	50	63	81
8	36	42	75	82	86
9	17	32	59	73	75
10	20	22	27	52	82
11	17	30	42	71	75
12	50	55	52	63	74
13	17	20	29	56	82
14	22	36	48	64	82
15	22	36	58	52	71
16	17	30	56	53	76
17	50	52	62	82	86

No.	Nombres sympathiques:				
18	22	36	76	78	82
19	27	40	51	61	75
20	21	30	35	82	86
21	17	33	52	75	82
22	15	17	37	75	75
23	17	27	50	56	76
24	17	21	62	78	88
25	1	37	76	82	85
26	42	55	62	71	90
27	52	61	73	84	88
28	27	36	49	57	90
29	17	21	36	84	88
30	11	17	52	63	82
31	22	30	35	36	71
32	21	22	30	44	62
33	27	28	32	76	82
34	21	30	71	76	60
35	17	32	80	82	88
36	27	30	64	75	88
37	21	48	53	64	74
38	20	37	39	50	84
39	21	22	29	71	88
40	22	27	51	55	82
41	1	30	61	82	84
42	19	51	53	70	76
43	1	22	30	58	75
44	22	30	36	70	71
45	6	15	27	36	37
46	7	21	30	37	71
47	22	32	75	82	84
48	21	22	53	74	84
49	1	58	47	52	84
50	20	22	59	44	52
51	27	30	71	76	82
52	3	21	74	78	82
53	21	27	44	51	62
54	35	37	44	50	82
55	21	22	28	35	61

N°.			Nombres sympathiques.				
56	.	.	17	22	30	84	88
57	.	.	22	50	52	71	74
58	.	.	30	32	35	37	47
59	.	.	21	22	55	53	64
60	.	.	22	52	57	75	88
61	.	.	40	50	75	82	88
62	.	.	20	35	37	53	75
63	.	.	17	21	68	74	88
64	.	.	17	30	70	81	88
65	.	.	11	17	21	64	88
66	.	.	17	22	50	36	64
67	.	.	27	56	37	74	82
68	.	.	1	30	32	35	36
69	.	.	51	63	73	78	86
70	.	.	21	32	53	67	83
71	.	.	20	21	22	38	61
72	.	.	22	27	28	30	62
73	.	.	20	22	62	63	78
74	.	.	57	61	71	75	82
75	.	.	17	22	50	67	71
76	.	.	21	22	36	37	88
77	.	.	50	36	37	76	88
78	.	.	17	22	32	50	52
79	.	.	21	22	30	37	74
80	.	.	20	37	38	50	71
81	.	.	57	39	53	76	86
82	.	.	5	22	36	40	48
83	.	.	21	30	38	40	76
84	.	.	22	32	44	53	82
85	.	.	3	35	37	52	63
86	.	.	17	36	40	52	72
87	.	.	7	15	22	37	86
88	.	.	17	36	75	76	84
89	.	.	36	52	75	82	86
90	.	.	36	37	52	73	82

Numéros des Mameluks , ou jeu Cardinal.

5 14 25 47 78 82 84.

Il se joue par extrait simple, ambe, terne et quaterne.

J'ai remarqué qu'il rendait plus les six premiers mois de l'année , que les six derniers.

JEU DES PAIRS OU IMPAIRS.

Sur les extraits déterminés.

CE jeu est bon à jouer à toutes les Loteries composées de 90 numéros.

Cette manière de mettre à la Loterie est la plus certaine de toutes, puisque les actionnaires ne jouent qu'un contre un. Lorsqu'on a des fonds suffisans pour pouvoir martingaler jusqu'au sixième ou septième tirage, on a la certitude la plus immanquable de gagner toutes les années 100 pour 100. Depuis l'existence de la Loterie, ce jeu n'a jamais passé huit tirages sans donner. Il faut donc toujours mettre les choses au pis ; et supposer qu'on puisse être six ou sept tirages sans obtenir le numéro fortuné.

Ce jeu consiste à adopter les quarante-cinq pairs ou impairs des quatre-vingt-dix numéros de la Loterie, et à les suivre en martingalant, sur la première sortie. Nous allons donner un exemple du produit et de la certitude de cette chance.

Le 17 janvier 1791 , j'adoptai les quarante-cinq impairs. Je les jouai, sur la première sortie, à dix sols chacun, ce qui me fit une mise de vingt-deux livres dix sols. J'eus le numéro 7 au tirage du premier février, et il me rapporta douze livres dix sols de bénéfice. Le premier février je continuai ma mise , toujours à dix sols, l'extrait déterminé sur la première sortie. Le 16 février je perdis. Il faut tripler sa somme à chaque tirage perdant. Ma deuxième mise fut donc à une livre dix sols l'extrait, ce qui fit soixante-sept livres dix sols ; j'eus au tirage suivant le 77 , qui me donna 105 liv. Mes deux mises se montaient à quatre-vingt-dix livres ; reste quinze livres de bénéfice. Je perdis au tirage du 16 mars, et je gagnai deux fois de suite aux tirages des premier et 16 avril ; et ainsi de suite, Remarquez bien que cha- que fois qu'on gagne, on doit remettre les extraits à dix sols, pour éviter, en martingalant, de porter les mises à une somme trop forte. Cet avis est pour ceux qui n'ont pas de gros fonds, et qui se contentent d'un bénéfice honnête.

Lorsqu'on voudra suivre ce jeu bien plus avantageu- sement encore, on le commencera lorsque les pairs ou impairs auront été trois ou quatre tirages sans sortir. Alors on peut commencer sa mise à une somme plus forte ; et tant qu'un des numéros joués ne sort pas, ce qui ne peut guère aller au-delà de trois tirages, au lieu de tripler, en martingalant, on peut quadrupler.

Exemple de ce produit en trois tirages.

Ext. à 5 l. Total de cette mise 135 l. Prod. 210l.
Ext. à 25 l. Total . . . . . 570 l. Prod. 840l.
Ext. à 48 l. Total. . . . 2150 l. Prod. 5560l.
Total de toutes les mises . . 2855 l. Bénéf. 525 l.

INSTRUCTION
POUR LA LOTERIE.

CETTE Loterie est composée de 90 numéros, depuis 1 jusques et compris 90.

De ces 90 numéros renfermés tous dans une roue de fortune, en présence du public, on en tire à chaque fois cinq seulement au hasard, et ces cinq numéros décident du sort de tous les actionnaires. Les moyens que l'on emploie pour opérer ce tirage où la bonne foi préside, ne laissent rien à désirer de la part du public. La sortie des cinq numéros est constatée par un procès-verbal, dans lequel on observe avec la plus grande attention l'ordre des sorties : le tout en présence et sous les ordres du ministre de la police et des administrateurs.

Les cinq numéros sortis de la roue de fortune produisent :

    5 lots d'extraits.
   10 lots d'ambes.
   10 lots de ternes.
    5 lots de quaternes.
    1 lot   de quine.
    5 lots d'extraits déterminés.
   10 lots d'ambes déterminés.

Il y a donc sept manières de s'y intéresser.

Les chances de la Loterie sont divisées en deux classes.

La première, celle des chances simples ; qui comprend l'extrait, l'ambe, le terne, le quaterne et le quine.

La deuxième, celle des chances déterminées, qui renferme l'extrait et l'ambe déterminés.

PREMIÈRE CLASSE.

Des chances simples, et du revenu de chacune d'elles.

L'Extrait simple consiste dans la rencontre de 1, de 2, de 3, de 4, et même de 5 numéros, qui sont tirés de la roue de fortune. On peut s'intéresser sur un ou plusieurs à la fois, pour multiplier ses espérances ; mais on n'est pas obligé de désigner l'ordre de la sortie de chacun deux.

La Loterie accorde, pour la sortie de chaque Extrait simple, 15 fois la valeur de la mise, et on peut placer

sur chacun d'eux, de cinq sous en 5 sous progressivement.

L'*Ambe simple* est formé par la sortie de 2 numéros quelconques, placés dans une seule et même mise ;
et il n'est pas nécessaire de leur assigner de rang dans
l'ordre de leur sortie.

La loterie accorde, pour la rencontre de chaque
Ambe, 270 fois la valeur de la mise ; et on peut y
placer 2 sous, et toujours de 2 sous en 2 sous progressivement.

Le *Terne* est formé par la sortie de 3 nombres
quelconques, placés dans un seul et même billet.

La loterie accorde pour la rencontre de chaque
Terne 5500 fois la mise ; et on peut y placer depuis
1 sou, et toujours de sou en sou progressivement

Le *Quaterne* est formé par la sortie de quatre nombres quelconques, placés dans un seul et même billet.

La loterie accorde, pour la rencontre de chaque
Quaterne, 75000 fois la valeur de la mise ; et on
peut placer sur chacun d'eux depuis 1 sou, et toujours
de sou en sou.

Le *Quine* est formé par la rencontre des 5 numéros
qui sont tirés de la roue de fortune.

La loterie accorde, pour le Quine placé dans un
seul et même billet, un million de fois la valeur de la
mise ; on peut y placer depuis 1 sou, et toujours
progressivement de sou en sou.

Chacun des actionnaires peut calculer à son gré les
chances qui lui paraîtront les plus avantageuses ; et
il peut mettre plus ou moins d'intérêt en sa faveur,
en multipliant la quantité de ses nombres, pour
former sa mise.

La loterie n'accorde le gain d'un lot quelconque,
qu'autant que l'actionnaire aura payé et désigné les
chances pour lesquelles il a voulu s'intéresser ; c'est-
à-dire que s'il a choisi plusieurs numéros, et qu'il
n'ait placé ni sur l'ambe, ni sur le terne, ni sur
le quaterne, ni sur le quine, mais seulement sur les

extraits, il ne gagnera rien par la sortie de chaque numéro, ni sur l'ambe, ni sur le terne, ni sur le quaterne, ni sur le quine : il ne peut donc prétendre qu'aux extraits, puisqu'il n'a payé que les extraits. Si au contraire l'actionnaire n'avait mis que sur les ambes, ternes, quaternes et quine, il ne gagnerait rien sur les extraits, puisqu'il ne s'est intéressé que sur les autres chances.

L'actionnaire est libre de choisir tels numéros, et telle quantité qu'il lui plaira, pour former sa mise, et de s'intéresser sur une ou plusieurs chances à la fois, et d'y placer dans un seul et même billet, ou en plusieurs autres, telle somme qu'il jugera à propos, jusqu'à la concurrence fixée sur chaque chance.

Il faut que l'actionnaire, avant de faire sa mise, ait toujours recours aux calculs progressifs des chances contenues dans cet ouvrage, à l'effet de ne pas jouer un trop grand nombre de numéros sur lesquels la perte serait inévitable ; et avant de faire ses mises, de comparer leur valeur avec le bénéfice supposé résultant de la sortie, soit d'un numéro, soit de plusieurs.

EXEMPLE.

Supposons qu'un actionnaire, désire placer les numéros 1, 9, 56, 63, 90, sur toutes les chances simples ci après designées ; savoir :

Pour					
	5 extrais	à	5 l.		fait 15 l.
	10 ambes	à	1	12 s.	fait 16
	10 ternes	à	1		fait 10
	5 quater.	à		12 s.	fait 5
	1 quine	à	1		fait 1 l.

Total de la mise . . . 45 l.

Bénéfice qui peut résulter de cette mise par la sortie.

		liv.
D'un numéro, un extrait . .		45

De 2 n.ᵒˢ
$$\left\{\begin{array}{ll} \text{2 extraits de} & \text{90 l.} \\ \text{1 ambe de} & \text{432} \end{array}\right\} \ldots \; 522$$

De 3 n.ᵒˢ
$$\left\{\begin{array}{ll} \text{3 extraits . .} & \text{155 l.} \\ \text{3 ambes . .} & \text{1296} \\ \text{1 terne . . .} & \text{5500} \end{array}\right\} \ldots \; 6951$$

De 4 n.
$$\left\{\begin{array}{ll} \text{4 extraits . .} & \text{180 l.} \\ \text{6 ambes . . .} & \text{2592} \\ \text{4 ternes . . .} & \text{22000} \\ \text{1 quaterne. .} & \text{45000} \end{array}\right\} \ldots \; 69772$$

De 5 n.ᵒˢ
$$\left\{\begin{array}{ll} \text{5 extraits . .} & \text{225 l.} \\ \text{10 ambes . .} & \text{4500} \\ \text{10 ambes . .} & \text{53000} \\ \text{5 quaterne. .} & \text{225000} \\ \text{1 quine . .} & \text{100000} \end{array}\right\} \begin{array}{c} \text{liv.} \\ 1,284545 \end{array}$$

Cet exemple seul suffit pour appliquer les différens bénéfices auxquels l'actionnaire a droit de prétendre, en raison de la rencontre d'une plus ou moins grande quantité de ces numéros avec ceux sortis de la roue de fortune.

Explication de l'exemple ci-dessus.

L'actionnaire ayant désiré couvrir sa mise par la sortie d'un seul numéro, il a été obligé de payer les cinq extraits qui résultent de sa mise : car on sait qu'un seul numéro est un extrait ; et comme il y a cinq numéros, il a payé cinq extraits.

D. Pourquoi paye-t-il dix ambes pour les cinq numéros ?

R. C'est qu'ayant espérance d'en gagner un ou plusieurs, il faut nécessairement les payer tous.

Comment ces cinq numéros forment-ils dix ambes ?

Preuve.

Décomposition des cinq numéros de l'exemple, formant dix ambes.

Premier ambe. . .	1	9
Second . .	1	36
Troisième . .	1	65
Quatrième . . .	1	90
Cinquième . .	9	36
Sixième . .	9	65
Septième . .	9	90
Huitième . .	36	65
Neuvième . .	36	90
Dixième . .	63	90

Ayant aussi espérance de gagner un ou plusieurs ternes, il faut également les payer tous pour y avoir part.

Décomposition des cinq numéros de l'exemple, formant dix Ternes.

Premier terne. . .	1	9	36
Second . .	1	9	65
Troisième . .	1	9	90
Quatrième . .	1	36	65
Cinquième . .	1	36	90
Sixième . .	1	65	90
Septième . .	9	36	65
Huitième . .	9	36	90
Neuvième . .	9	36	90
Dixième . .	36	63	90

Désirant également gagner un ou plusieurs quaternes, il faut aussi les payer tous.

Décomposition des Quaternes résultant des cinq numéros de l'exemple.

Premier quaterne. . .	1	9	36	65
Second. . .	1	9	36	90
Troisième. . .	1	9	65	90
Quatrième. . .	1	36	65	90
Cinquième. . .	9	36	65	90

Comme cinq numéros ne font qu'un quine, il n'y a point de décomposition.

Mais pour satisfaire le Lecteur, nous allons donner une décomposition de quines sur six numéros.

Décomposition de Quines sur les numéros.

1   9   36   65   75   90

Premier quine . . .	1	9	36	65	75
Second . . .	1	9	36	65	90
Troisième . . .	1	9	36	75	90
Quatrième . . .	1	9	65	75	90
Cinquième . . .	1	36	65	75	90
Sixième . . .	9	36	65	75	90

Voyez, à la suite de ces observations, les calculs progressifs des chances simples pour une plus grande quantité de numéros,

SECONDE CLASSE.

Des chances déterminées, avec leur bénéfice.

L'Extrait déterminé consiste à indiquer l'ordre de la sortie des numéros qu'on a choisis, c'est-à-dire, à parier que tel ou tel numéro sortira le premier, le second, le troisième, le quatrième ou le cinquième de la roue de fortune. Un actionnaire peut donc placer un ou plusieurs numéros sur une seule sortie, comme sur toutes les cinq, ou sur celles seulement pour lesquelles il a le plus de penchant.

La loterie accorde pour la sortie de chaque Extrait
déterminé, 70 fois la valeur de la mise. On pourra
placer sur chacune des sorties de cette chance de 5 sous
en 5 sous.

L'Ambe déterminé consiste à faire choix de 2 numéros au moins, pour composer sa mise, et à indiquer
l'ordre de sortie de chacun d'eux ; mais quoiqu'il ne
soit requis que deux numéros pour former l'ambe dè-
terminé, on peut néammoins en adopter une plus
grande quantité.

Il est encore à observer pour règle générale, que
deux numéros quelconques liés enssemble sur toutes
les sorties, peuvent se combiner de 20 manières différentes ; chaque ambe simple formant 20 Ambes déterminés à payer. On va appliquer à ce principe un exemple pris sur 5 numéros.

EXEMPLE.

Soient les numéros 10, 21, 55, 70 88. Les 10 ambes
qui en résultent de 2 à 2 dans toutes leurs combinai-
sons, seront comme ci-après.

1er ambe.	10	21	Sixième.	21	70
Second.	10	55	Septième.	21	88
Trois.	10	70	Huitième.	55	90
Quatre.	10	88	Neuvième.	55	88
Cinq.	21	55	Dixième.	70	88

Chacun de ces 10 ambes simples étant multiplié par
20, il en résulte 200 chances à payer par ambe déterminé.

Pour ne rien laisser à désirer sur la connaissance
de ce calcul, et l'infaillibilité de la règle générale qui
y conduit, on va décomposer ici les 20 chances qui
proviennent du premier ambe simple 10 et 21

N 2

ORDRE DE SORTIE.

1er	2me	3me	4me	5me	Ambes.
10	21				1 Ambe.
10		21			1 Ambe.
10			21		1 Ambe.
10				21	1 Ambe.
	10	21			1 Ambe.
	10		21		1 Ambe.
	10			21	1 Ambe.
		10	21		1 Ambe.
		10		21	1 Ambe.
			10	21	1 Ambe.
21	10				1 Ambe.
21		10			1 Ambe.
21			10		1 Ambe.
21				10	1 Ambe.
	21	10			1 Ambe.
	21		10		1 Ambe.
	21			10	1 Ambe.
		21	10		1 Ambe.
			21	10	1 Ambe.
			21	10	1 Ambe.
					20 Amb.

On peut facilement d'après cette décomposition, opérer sur chacun des ambes simples qui suivent 10 et 21, c'est-à-dire, suivre la même route pour 10 et 55, pour 10 et 70, et ainsi de suite jusqu'à la fin ; et on trouvera, sans répéter aucune des sorties, les 200 qui sont à payer.

La loterie accorde, par forme de lot, 5,100 fois la valeur de la mise pour la rencontre de chaque ambe déterminé ; et on peut y placer de 4 sous en 4 sous progressivement, jusqu'à 180 livres.

Quoiqu'il soit énoncé ci-dessus que chaque ambe simple produit 20 sorties différentes dans la rencontre d'un ambe déterminé, cependant un actionnaire ne sera pas assujetti à les payer en totalité, mais il sera tenu d'assigner à chaque numéro les mêmes dénominations et la même quantité de sorties, en observant que pour connaître la quantité d'ambes déterminés qui résultent de plusieurs numéros quelconques, il faut multiplier les ambes simples qui en proviennent par 2, pour deux sorties régulières; par 6, pour 3; par 12, pour 4; par 20, pour les 5 sorties.

Nous observons à l'actionnaire, que si le bénéfice d'un ambe déterminé sur plusieurs sorties est considérable, sa perte est inévitable quand ce même ambe est joué sur les cinq sorties. Il en est de même des extraits déterminés.

Preuve.

Un actionnaire qui aurait mis 20 livres par *ambe simple* sur les numéros 10, 21, et que cet ambe lui eût sorti, aurait gagné 5400 liv.

Que le même actionnaire ait mis 1 liv. sur un *ambe déterminé* sur les cinq sorties, ce qui fait 26 ambes, sa mise lui aurait coûté également 20 liv., et cependant il n'aurait gagné que 5100.

Un extrait *simple* de 5 liv. par sa sortie fait gagner 75 liv.

Et un extrait *déterminé* de 1 liv. sur les cinq sorties, aura également coûté 5 liv., et ne peut gagner que 70 livres.

Il est donc bien nécessaire (comme nous l'avons déjà dit) que l'actionnaire calcule, avant de faire ses mises, la dépense et la probabilité du bénéfice des lots espérés.

DISPOSITIONS GÉNÉRALES

Sur les chances déterminées, l'Extrait et l'Ambe simple;

Et moyens de les faire avec facilité et avantage.

PAR les calculs progressifs des ambes déterminés on a vu.

Que deux numéros sur deux sorties faisaient deux ambes.

Que deux numéros sur trois sorties en faisaient six.

Que deux numéros sur quatre sorties en faisaient douze.

Que deux numéros sur cinq sorties en faisaient vingt.

On a démontré par le tableau précédent comment il se faisait qu'un ambe simple décomposé sur les cinq sorties, faisait vingt ambes déterminés. Ce même tableau peut servir d'exemple pour les différens numéros que l'on voudra placer par ambe déterminé.

Nous avons fait voir aussi la perte certaine qu'éprouverait l'actionnaire, en jouant les chances déterminées sur les cinq sorties: en conséquence, l'actionnaire ne doit faire des mises déterminées sur toutes les deux sorties, que dans le cas où l'extrait simple et l'ambe simple seraient remplis de leur fixation.

L'intérêt d'un actionnaire qui se propose de faire une mise sur les chances déterminées, soit sur l'extrait ou sur l'ambe, est aussi de placer les mêmes numéros sur les chances simples, attendu que ces dernières doivent naturellement sortir avec plus de facilité: aussi la loterie accorde-t-elle en raison de la probabilité de la sortie des chances.

Exemple.

Un actionnaire qui aurait placé sur un ou plusieurs numéros, à la première, à la deuxième ou à la troisième sortie, ne gagnerait rien, si ses numéros sortaient à la quatrième ou à la cinquième ; en plaçant aussi ses numéros sur les chances simples, sa mise se trouverait couverte par la sortie de ses numéros, et il n'aurait point le désagrément de voir sortir les numéros qu'il aurait choisis, et de ne rien gagner.

On a vu le moyen qu'il fallait employer pour faire des mises sur des ambes déterminés, et leur décomposition sur deux numéros, nous allons donner la manière d'avoir part à un plus grand nombre de numéros et d'ambes déterminés.

Comme l'arrêté du gouvernement porte que les moindres mises seront, pour le total du billet, au moins de dix sous, l'actionnaire qui voudra jouer de petites sommes sur les ambes déterminés et les ambes simples, et avoir part à un plus grand nombre de numéros, peut se servir des moyens indiqués par la manière suivante, en jouant les ambes à 2 sous, 4 sous, ou plus forte somme, s'il le juge à propos.

Manière de faire des mises en un seul billet, et d'avoir part à un grand nombre de numéros.

A la première sortie n.º 10.

Lié séparément avec chacun des numéros suivans, à la deuxième sortie :

21 , 36, 37, 44, 75, 88, 90.

Cet exemple offre un moyen d'économie, puisqu'il donne part à sept ambes déterminés, qui n'auraient coûté, en les supposant chacun à 2 sous, que 14 sous.

Preuve de la formation de sept ambes.

	1.re SORTIE.	2.me SORTIE.
Premier ambe.	10	21
Second.	10	56
Troisième.	10	57
Quatrième.	10	44
Cinquième.	10	75
Sixième.	10	88
Septième.	10	90

Ainsi, que le numéro 10 sorte à la première sortie, et un n.º de la seconde colonne à la deuxième sortie, vous gagnerez un ambe déterminé.

Pour multiplier vos espérances et gagner plus sûrement, mettez sur plusieurs numéros à la première sortie, et composez votre billet comme il suit.

A la première sortie : N.º 1 et 10.

Liés séparément avec chacun des numéros suivans, à la seconde sortie :

21, 56, 37, 44, 75, 88, 90.

Que le n.º 1 ou le 10 sorte à la première sortie, et un des numéros désignés à la deuxième, vous gagnerez un ambe déterminé, et vous n'avez payé que 14 ambes.

Preuve de la formation des 14 ambes.

	1.re SORTIE.	2.me SORTIE.
Premier ambe.	1	21
Second.	1	56
Troisième.	1	57
Quatrième.	1	44
Cinquième.	1	75
Sixième.	1	88
Septième.	1	90
Huitième.	10	21
Neuvième.	10	56

Dixième.	10	37
Onzième.	10	44
Douzième.	10	75
Treizième.	10	88
Quatorzième.	10	90

Voulez-vous jouer encore plus avantageusement ? mettez à la 3.ᵉ, 4.ᵉ, ou 5ᵉ sortie, les numéros 1 et 10, que nous nommons *commandeurs*, et conserver toujours à la 2.ᵉ sortie les numéros 21, 56, 37, 44, 88, 75, 90.

De l'Extrait et de l'Ambe simples.

L'extrait et l'ambe simples étant plus avantageux par leur probabilité, il faut mettre les numéros 1 et 10 dont vous avez besoin absolument pour gagner l'ambe déterminé; il faut, dis-je, couvrir vos mises déterminées, en jouant les numéros 1 et 10 par extrait et ambe simples dans un seul billet.

Si vous voulez avoir part également à une plus grande quantité de numéros par ambes simples, servez-vous des exemples ci-après.

EXEMPLE.

Nᵒ 37.

Liez-le séparément avec chacun des numéros suivans :

51, 53, 56, 45, 55, 60, 63, 66, 73, 74, 75, 80, 81, 90.

Ce qui vous donnera part dans 14 ambes ou plus, si vous mettez davantage de numéros.

Ces ambes se forment comme les ambes déterminés; il faut seulement supprimer les sorties.

On peut comme aux ambes déterminés, jouer plusieurs numéros, et ne former qu'un seul billet, en supprimant aussi les sorties.

EXEMPLE.

86 et 65.

Liés séparément avec chacun des numéros suï-
vans :

$$31, 55, 28, 40, 51, 55, 71, 75.$$

Ce qui forme 16 ambes simples que l'on peut jouer
chacun à 2 sous, 4 s., 6 s., etc.

Les exemples ci-dessus sont utiles à l'actionnaire,
puisqu'ils présentent le moyen de jouer avec quelque
avantage ; au receveur d'abréger son travail, puisque
sur un seul et même billet il peut faire jouer d'une
manière facile une très-grande quantité de numéros
et de chances.

*Avantage que les Actionnaires de la Loterie
Royale de France ont sur les Loteries
étrangères.*

La loterie Royale de France accorde par extrait
    simple . . . . 15 fois la mise.
Celle de Rome. . . 14 fois.
Gênes. . . . . . 15 fois.
En Allemagne. . . 14 fois.
La loterie Royale de France accorde par ambe
    simple . . . . 270 fois.
Celle de Rome. . . 265 fois.
Gênes. . . . . . 150 fois et demie.
Allemagne . . . . 249 fois.
La loterie Royale de France accorde par
    terne . . . 5500 fois.
A Rome. . . . . 5142 fois.
A Gênes. . . . 2857 fois.
En Allemagne. . 4800 fois.
La loterie Royale de France accorde par qua-
    terne. . . . 75000 fois.
En Allemagne. . 60000 fois.

PETITES CABALES

Des Numéros pour Paris, Rome, Florence et Venise, auxquels, en ajoutant les nombres des jours du mois que le tirage s'est fait, l'on trouvera bien souvent de bons nombres à la fin.

JANVIER.
```
6  4  5  |  7     6
   1  7  |     4
      8  |  1     2
```

JUILLET.
```
3  7  8  |  7  0  2
   1  6  |     7  3
      7  |     1
```

FÉVRIER.
```
5  7  1  |  6  1  5
   1  8  |     7  4
      9  |     2
```

AOUT.
```
7  8  5  |  5     5
   6  4  |        8
      1  |  2     4
```

MARS.
```
2  4  7  |  2  2  6
   6  2  |     4  8
      8  |     5
```

SEPTEMBRE.
```
5  1  7  |  7  3  9
   4  8  |     1  5
      2  |     4
```

AVRIL.
```
4  7  5  |  2     4
   2  1  |     6
      5  |  1     8
```

OCTOBRE.
```
9  5  7  |  8     8
   5  1  |        7
      4  |  6     6
```

MAI.
```
1  5  4  |  5  9  6
   4  7  |     5  6
      2  |     9
```

NOVEMBRE.
```
6  4  7  |  9  7  1
   1  2  |     7  8
      5  |     6
```

JUIN.
```
8  5  4  |  4     1
   2  7  |     5
      9  |  6     9
```

DÉCEMBRE.
```
2  5  6  |  1  9  4
   7  2  |     1  4
      9  |     5
```

Règles simples et faciles pour trouver combien une quantité de numéros quelconques peuvent produire d'Ambes, de Ternes, de Quaternes et de Quines.

Suppozez, par exemple, 10 numéros ; il faut, pour les *Ambes*, multiplier ces 10 numéros par une unité de moins , c'est-à-dire, par 9, et le produit vous donnera 90 , dont vous retranchez la moitié, et vous trouverez 45 Ambes.

Pour les *Ternes*, multipliez ces 45 Ambes par une unité de moins que vous l'avez fait pour les Ambes, c'est-à-dire par 8 au lieu de 9; vous trouverez un produit de 360 , dont le tiers vous donnera 120 Ternes.

Pour les *Quaternes*, multipliez ces 120 Ternes par une unité de moins que vous l'avez fait pour trouver les Ternes, c'est-à-dire, par 7, et vous trouverez un produit de 840 dont le quart vous donnera 210 Quaternes.

Pour trouver le *Quine*, multipliez les 210 Quaternes, par une unité de moins que vous l'avez fait pour les Quaternes, c'est-à-dire , par 6, dont le produit est de 1260 ; prenez le cinquième, et vous trouverez 252.

En conséquence, vous direz : 10 numéros en 10 Extraits font 45 Ambes, 120 Ternes, 210 Quaternes, et 252 quines.

Opération de cette Règle.

	10 numeros
Pour les *Ambes*, dites,	9 fois 10
produit. . . .	90
Prenez moitié des 90 ; fait	45 Ambes.
Pour les *Ternes*, dites,	8 fois 45
produit. . .	560

Prenez le tiers de 360, fait   120 Ternes.

Pour le *Quaterne*, dites,   7 fois 120

          produit. . . . 840

Le quart de 840, fait   210 Quatern.

Pour le *Quine*, dites,   6 fois 210

          produit. . . 1260

Le cinquième de 1260, fait   252 Quines.

En conséquence de cette règle, l'actionnaire peut appliquer telle quantité de numéros qu'il lui plaira de choisir pour former sa mise. Par conséquent, s'il désire avoir 12 numéros, il faut multiplier par une unité de moins, c'est-à-dire par 11 fois 12 pour avoir les ambes, 10 fois les Ambes pour avoir les Ternes, 9 fois les Ternes pour avoir les Quaternes, et 8 fois les Quaternes pour avoir les Quines; en observant toujours de prendre la moitié du produit pour avoir les Ambes; le tiers du produit des Ambes pour avoir les Ternes; le quart du produit des ternes pour avoir les Quaternes, et le cinquième du produit des Quaternes pour avoir les Quines: le tout comme on l'a vu dans l'exemple ci-dessus.

CALCUL PROGRESSIF

DES CHANCES SIMPLES.

Extraits.	Ambes.	Ternes.	Quatern.	Quines.
1				
2	1			
3	3	1		
4	6	4	1	
5	10	10	5	1
6	15	20	15	6
7	21	35	35	21
8	28	56	70	56
9	36	84	126	126
10	45	120	210	252
11	55	165	330	462
12	66	220	495	792
13	78	286	715	1287
14	91	364	1001	2002
15	105	455	1365	3003
16	120	560	1820	4368
17	136	680	2380	6188
18	153	816	3060	8568
19	171	969	3876	11628
20	190	1140	4845	15504
21	210	1330	5985	20349
22	231	1540	7315	26334
23	253	1771	8855	33649
24	276	2024	10626	42504
25	300	2300	12650	53130
26	325	2600	14950	65780
27	351	2925	17550	80730
28	378	3276	20475	98280

TABLE

Des jours heureux et malheureux de chaque mois de l'année.

PLUSIEURS savans prétendent que cette table fut donnée à Adam par un Ange, et qu'elle était la règle de sa conduite ; il ne semait ni ne transplantait rien que dans les jours heureux, et tout lui réussissait : si les cultivateurs et autres personnes suivaient ses traces, l'abondance, la prospérité et le bonheur leur ferait passer d'heureux jours, et toutes leurs entreprises et désirs s'accompliraient à leur satisfaction.

HEUREUX.	MOIS.	MALHEUREUX.
4 19 27 31	Janvier.	13 23.
7 8 18.	Février.	2 10 17 22
5 9 12 14 16	Mars.	13 19 23 28
5 27	Avril	10 20 29 30
1 2 4 6 9 14	Mai.	10 17 20
3 5 7 9 12 23	Juin.	4 20
2 6 10 23 30	Juillet.	5 13 27
5 7 10 14 19	Août.	2 15 27 31
6 10 15 18 30	Septembre.	13 16 22 24
13 16 23 31	Octobre.	3 9 27
5 15 23 30	Novembre.	6 25
10 20 29	Décembre.	15 28 31

INVITATION

De la Roue de Fortune de la Loterie aux Amateurs.

Pour peu je rends beaucoup ;
  Mais si parfois la chance
  Trompe votre espérance,
Ne vous rebutez pas pour un Malheureux coup.
    La bizarre fortune,
    Pour avoir part à ses faveurs,
    Veut que sans cesse on l'importune.
Je vous offre un moyen pour vaincre ses rigueurs ;
    Deux fois chaque mois de l'année,
    Je recommence un nouveau cours
Et qui manque au premier l'heureuse destinée,
  Peut au second s'enrichir pour toujours.
  Pour me tourner, accourez l'un et l'autre,
  Le gain d'autrui ne saurait nuire au vôtre.
    Différente des autres jeux,
Le même numéro peut faire mille heureux.
    Dans ce jeu-ci chacun peut à sa guise
    De cinq façons placer sa mise :
Dessus un nombre seul, que l'on appelle *Extrait*,
Qui donne quinze fois l'argent que l'on y met ;
Sur deux nombres liés, qu'*Ambe* pour lors on nomme,
Qui rend deux cent soixante et dix fois votre somme ;
Sur trois nombres encor liés conjointement,
    Que par *Terne* on désigne,
    Et qui produisent en sortant
Cinq mille cinq cent fois l'argent que l'on assigne.

Sur quatre numéros pensés heureusement,
Que du nom de *Quaterne* ensuite on qualifie,
 Vous pouvez bien par leur sortie,
 Espérer de voir votre argent
 Multiplié, par un fortuné choix,
  Soixante-quinze mille fois.
Le *Quine* vient enfin qui tire sa naissance
De cinq chiffres unis le plus étroitement :
 Si la fortune en sa balance
 Les fait pencher un seul instant,
Par leur sortie, à votre heureuse mise,
D'un million de fois la valeur est promise.
Du choix des numéros et de leur quantité,
 Vous avez pleine liberté.
Quatre-vingt-dix en tout forment mon existence,
Plus ou moins vous pouvez étendre votre chance :
 Cinq seulement que l'on tire au hazard,
Font le gain de celui qui s'y trouve avoir part :
 A les tirer je vous invite ;
 Tel qui souvent hésite,
 Perd, par trop de réflexion,
 L'heureuse occasion.

►§◄

TABLEAU

Des Extraits de chaque mois de l'année.

JANVIER.	JUILLET.
5 49	58 85
FÉVRIER.	AOUT.
47 74	47 74
MARS.	SEPTEMBRE.
8 88	18 81
AVRIL.	OCTOBRE.
67 76	58 85
MAI.	NOVEMBRE.
5 59	56 63
JUIN.	DÉCEMBRE.
8 18	46 64

OBSERVATIONS

Sur les jeux des MAMELOUKS.

Les Numéros qui servent d'indicateurs, sont à la marge gauche; la sortie de l'un deux de la Roue de Fortune, annonce qu'il faut prendre les trois qui sont en face de lui à la ligne.

Il faut que le N° indicateur se trouve être tiré de la Roue, à la sortie indiquée dans le mois qui est en tête des douze ou quatorze lignes qui se suivent.

Pour lors le N° indicateur prend le titre de commandeur.

Ces jeux ont été fort heureux jusqu'au 16 Novembre 1793, époque de la suppression de la Loterie.

Ils ne l'ont pas été autant sous le régime du nouveau Calendrier.

Actuellement, par les heureux succès qu'ils procurent, ils paraissent reprendre leur bonté sous l'ancien calendrier, calculé avec le nouveau, comme il est fait mention sous chaque mois.

Observant de jouer sagement
C'est le moyen de gagner souvent.

Janvier, 5.e sortie.

1	73	74	75
2	55	56	57
3	40	42	43
4	20	21	22
5	2	3	4
6	55	56	57
7	73	76	77
90	1	42	83
89	56	57	84
88	14	40	76
87	9	78	83
86	27	53	83
85	15	75	80
84	10	17	48

Deux tirages du mois de nivôse, et un de pluviôse, équivalent au mois ci-dessus.

Mars, 3.e sortie.

16	57	58	59
17	18	19	20
18	55	56	57
19	40	41	42
20	60	61	62
21	81	82	83
22	40	41	42
75	42	88	90
74	15	65	78
73	22	55	78
72	52	41	79
71	22	44	78
70	11	52	64
69	9	52	83

Deux tirages du mois de ventôse, et un de germinal, équivalent au mois ci-dessus.

Février, 4.e sortie.

8	50	51	52
9	6	7	8
10	5	6	7
11	16	17	18
12	48	49	50
13	25	26	27
14	74	75	76
15	1	2	3
83	9	41	77
82	18	35	47
81	6	61	83
80	2	5	20
79	12	29	60
78	18	71	74
77	41	44	83
76	7	17	83

Deux tirages du mois de pluviôse et un de ventôse, équivalent au mois ci-dessus.

Avril, 2.e sortie.

23	11	12	13
24	31	32	33
25	82	83	84
26	50	51	52
27	48	49	50
28	6	7	8
29	86	87	88
30	52	53	54
68	60	63	76
67	21	50	76
66	31	52	88
65	19	42	85
64	22	65	84
63	56	42	74
62	22	42	88
61	57	50	88

Deux tirages du mois de germinal, et un de floréal, équivalent au mois ci-dessus.

Mai, 1.re sortie.

31	66	67	68
32	88	80	90
33	73	74	75
34	55	56	57
35	5	6	7
36	77	78	79
37	34	35	36
60	52	56	63
59	17	50	75
58	30	55	68
57	51	63	88
56	56	75	88
55	59	65	86
54	19	75	84

Deux tirages du mois de floréal, et un de prairial, équivalent au mois ci-dessus.

Juillet, 5.e sortie.

46	78	75	75
47	82	85	84
48	40	41	42
49	30	31	32
50	61	62	63
51	20	21	22
52	44	45	46
45	37	48	87
44	51	56	52
43	5	22	88
42	50	63	75
41	1	77	88
40	52	48	85
39	9	55	63

Deux tirages du mois de messidor, et un de thermidor, équivalent au mois ci-dessus.

Juin, 5.e sortie.

38	57	58	59
39	73	74	75
40	17	18	19
41	81	82	83
42	75	76	77
43	52	53	54
44	52	53	54
45	80	81	82
53	21	40	90
52	22	44	70
51	71	76	82
50	27	49	61
49	37	50	52
47	36	40	63
48	15	75	82
46	73	84	88

Deux tirages du mois de prairial, et un de messidor, équivalent au mois ci-desssus.

Août, 2.e sortie.

53	74	75	76
54	53	56	57
55	43	44	45
56	82	83	84
57	50	51	57
58	66	67	68
59	73	74	75
60	50	51	52
38	46	57	88
37	10	56	73
56	57	59	63
55	6	40	82
54	11	43	84
53	46	73	81
52	50	40	73
51	11	44	66

Deux tirages du mois de thermidor, et un de fructidor, équivalent au mois ci dessus.

Septemb. 3.e sortie.

61	86	87	88
62	88	89	90
63	74	75	76
64	82	83	84
65	36	37	38
66	30	51	52
67	20	21	22
30	42	65	75
29	53	79	88
28	52	55	82
27	50	48	50
26	57	62	75
25	15	82	85
24	56	48	86

Deux tirages du mois de fructidor, et un de vendémiaire, équivalent au mois ci-dessus.

Novemb. 1.e sortie.

76	20	21	22
77	35	56	57
78	16	17	18
79	60	61	62
80	61	62	63
81	52	53	54
82	17	18	19
15	52	40	75
14	22	55	88
13	26	51	78
12	4	48	79
11	16	17	78
10	56	59	90
9	56	59	69

Deux tirages du mois de brumaire, et un de frimaire, équivalent au mois ci-dessus.

Octobre, 4.e sortie.

68	19	20	21
69	7	8	9
70	10	11	12
71	76	77	78
72	36	37	39
73	32	33	34
74	39	40	41
75	15	16	17
23	5	61	64
22	64	71	84
21	50	42	53
20	5	42	80
19	40	42	44
18	56	57	82
17	59	75	76
16	59	46	90

Deux tirages du mois de vendémiaire, et un de brumaire, équivalent au mois ci-dessus.

Décemb. 4.e sortie.

83	61	62	65
84	53	54	55
85	15	16	17
86	62	65	64
87	35	56	57
88	73	74	75
89	85	84	85
90	80	81	82
8	9	22	85
7	21	50	76
6	18	55	56
5	2	55	75
4	22	40	64
3	1	36	53
2	15	40	80
1	60	84	90

Deux tirages du mois de frimaire, et un de nivôse, équivalent au mois ci-dessus.

JEU DES QUINTES.

Les Numéros qui servent d'indicateurs sont à la marge ; la sortie de l'un d'eux de la roue de Fortune, annonce qu'il faut prendre les cinq qui sont en face à la ligne.

Il faut que le N° indicateur se trouve être tiré de la Roue à la cinquième sortie ; pour lors le N° indicateur prend le titre de commandeur.

Par exemple : 1 commande à 86 87 88 89 et 90 ; ainsi de suite.

TABLEAU des Quintes.

1	de	86	à	90	16	de	39	à	43
2	de	19	à	23	17	de	75	à	79
3	de	38	à	42	18	de	79	à	83
4	de	14	à	18	19	de	40	à	44
5	de	43	à	47	20	de	80	à	84
6	de	37	à	41	21	de	18	à	22
7	de	74	à	78	22	de	1	à	5
8	de	34	à	38	23	de	52	à	56
9	de	61	à	65	24	de	78	à	82
10	de	71	à	75	25	de	51	à	55
11	de	10	à	14	26	de	1	à	5
12	de	36	à	40	27	de	1	à	5
13	de	20	à	24	28	de	50	à	54
14	de	84	à	88	29	de	84	à	88
15	de	36	à	40	30	de	36	à	40

31	de	81	à	85	61	de	50	à	54
32	de	37	à	41	62	de	55	à	59
33	de	80	à	84	63	de	36	à	40
34	de	41	à	45	64	de	80	à	84
35	de	18	à	22	65	de	44	à	48
36	de	62	à	66	66	de	60	à	64
37	de	71	à	75	67	de	19	à	23
38	de	38	à	42	68	de	49	à	53
39	de	13	à	17	69	de	5	à	9
40	de	79	à	83	70	de	73	à	77
41	de	75	à	79	71	de	40	à	44
42	de	75	à	79	72	de	80	à	84
43	de	50	à	54	73	de	75	à	79
44	de	20	à	24	74	de	10	à	14
45	de	85	à	87	75	de	36	à	40
46	de	55	à	59	76	de	84	à	88
47	de	78	à	82	77	de	40	à	44
48	de	6	à	10	78	de	81	à	85
49	de	54	à	58	79	de	72	à	76
50	de	51	à	55	80	de	18	à	22
51	de	75	à	79	81	de	50	à	54
52	de	33	à	37	82	de	86	à	90
53	de	3	à	7	83	de	75	à	79
54	de	73	à	77	84	de	73	à	77
55	de	19	à	23	85	de	55	à	59
56	de	80	à	84	86	de	36	à	40
57	de	50	à	54	87	de	5	à	9
58	de	86	à	90	88	de	64	à	68
59	de	84	à	88	89	de	51	à	55
60	de	12	à	16	90	de	1	à	5

JEU DÉDIÉ AUX DEMOISELLES.

Sur les noms des quatre-vingt-dix numéros, on jouera les numéros qui précédent et suivent son nom par Extrait, Ambe et Terne.

1	Adèle	. . .	45	90	31	Olympie	. . 75 60
2	Balbine	. . .	46	89	32	Pélagie	. . 76 59
3	Camille	. . .	47	88	33	Restitue	. . 77 58
4	Denise	. . .	48	87	34	Séraphine	. . 78 57
5	Eustasie	. . .	49	86	35	Théodore	. . 79 56
6	Félicité	. . .	50	85	36	Victoire	. . 80 55
7	Georgette	. .	51	84	37	Agnès	. . . 81 54
8	Hélène	. . .	52	83	38	Bathilde	. . 82 53
9	Joséphine	. .	53	82	39	Christine	. . 83 52
10	Léonore	. .	54	81	40	Donatille	. . 84 51
11	Modeste	. .	55	80	41	Emilie	. . . 85 50
12	Natalie	. . .	56	79	42	Françoise	. . 86 49
13	Odille	. . .	57	78	43	Geneviève	. 87 48
14	Pauline	. .	58	77	44	Hilaire	. . . 88 47
15	Romualde	. .	59	76	45	Jeanne	. . . 89 46
16	Sidône	. . .	60	75	46	Lucette	. . . 90 45
17	Telchide	. .	61	74	47	Marianne	. . 1 44
18	Ursule	. . .	62	73	48	Nicole	. . . 2 43
19	Agathe	. .	63	72	49	Omère	. . . 3 42
20	Barbe	. . .	64	71	50	Perpétue	. . 4 41
21	Cécile	. . .	65	70	51	Rosalie	. . . 5 40
22	Dorothée	. .	66	69	52	Sophie	. . . 6 39
23	Eutrope	. .	67	68	53	Thérèse	. . . 7 38
24	Flore	. . .	68	67	54	Valérie	. . . 8 37
25	Gertrude	. .	69	66	55	Aspasie	. . . 9 36
26	Henriette	. .	70	65	56	Béatrice	. . 10 35
27	Isabelle	. .	71	64	57	Claire	. . . 11 34
28	Louise	. . .	72	63	58	Dosithée	. . 12 33
29	Mélanide	. .	73	62	59	Elisabeth	. . 13 32
30	Nicette	. . .	74	61	60	Flavianne	. . 14 31

P

61	Germaine	. .	15	5o	76	Drosine	. . .	5o	15
62	Honorine	. .	16	29	77	Eugénie	. . .	51	14
63	Julie	. . . .	17	28	78	Faustine	. . .	52	15
64	Lucienne	. .	18	27	79	Gervaise	. . .	55	12
65	Marine	. . .	19	26	8o	Hypolite	. . .	54	11
66	Nicaise	. . .	20	25	81	Justine	. . . .	55	10
67	Ovide	. . . .	21	24	82	Lucile	. . . .	56	9
68	Perrine	. . .	22	25	85	Monique	. .	57	8
69	Renée	. . . .	25	22	84	Nicosie	. . .	58	7
70	Susanne	. . .	24	21	85	Onésine	. . .	59	6
71	Théophile	. .	25	20	86	Placide	. . .	40	5
72	Vestine	. . .	26	19	87	Rosette	. . .	41	4
75	Aurélie	. . .	27	18	88	Sylvie	. . . .	42	5
74	Brigitte	. . .	28	17	89	Timothée	. . .	45	2
75	Constance	. .	29	16	90	Virginie	. . .	44	1

La fortune au beau sexe est toujours favorable
Quand la constance sait la fixer.

JEU DES ÉTRANGERS.

Il est composé de la cabale sept. Savoir :

17 — 71 — 27 — 72 — 37 — 75 — 47 — 74 —
57 — 75 — 67 — 76 — 78 — 87

On le joue par quatre qui sont :

17 — 71 — 27 — 72

Par extrait ; et les quatorze se jouent ensemble
par Ambe, Terne et Quaterne.

JEU DU CALCUL ALPHABÉTIQUE.

Voici la manière de jouer ce calcul : l'actionnaire dont la lettre initiale du premier nom de baptême, porte quatre numéros qui voudra en jouer un, prendra le quatrième; s'il veut en jouer deux, il prendra le premier et le quatrième; s'il veut en jouer trois, il prendra le premier, le deuxième et le quatrième ; pour jouer l'extrait déterminé, il prendra le troisième numéro de sa lettre. Celui qui n'a que trois numéros qui voudra en jouer un, prendra le premier; s'il veut en jouer deux, il prendra le premier et le troisième, et pour l'extrait déterminé il prendra le deuxième. On peut aussi jouer tous les numéros de sa lettre, par extrait, ambe, terne et quaterne : en jouant l'extrait, on ne perd jamais. Trois personnes d'une famille peuvent réunir les numéros que portent leurs lettres, et, les jouant ensemble, faire un grand bénéfice.

	A		B		C	
5	50	12	15	52	69	
69	85	27	39	78		

	D		E		F		G	
5	9	3	29	18	19	25	71
14	22	50		60	80	84	

	H		I		J		K		L	
1	30	9	68	19	29	18	46	8	15
42	61	54		39	67	59		81	52

M		N		O		P		Q		R	
4	47	27	70	11	78	16	19	21	43	19	43
69	73	65	54	34		73	70	87		78	79

S		T		U		V		X		Y		Z	
25	75	7	29	6	10	14	19	36	62	17	59	7	14
69		86	61	44		58	74	78		88	60	90	56

L'ÉTOILE MIRACULEUSE

OU LES SIX NUMÉROS SOUVERAINS.

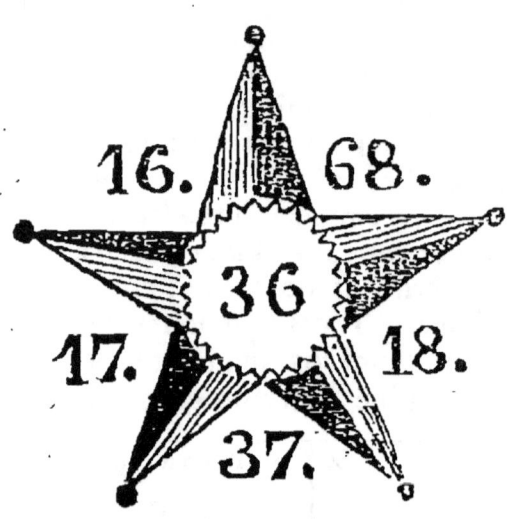

Jeu de l'Étoile miraculeuse.

Ce jeu est composé de six numéros les plus heureux ; savoir : 36—57—16—17—66—18.

On le joue par extrait, ambe et terne, dans les ambes et les ternes on doit toujours y faire entrer le nombre 36, nommé *souverain*, parce qu'il est et qu'il doit être le plus avantageux des numéros, en raison de ce qu'il renferme la perfection des *nombres ternaires* 5.6 ; ces deux nombres formant ensemble 9, et étant réunis 4 fois 9 ou douze fois 5.

On nomme cette Étoile miraculeuse ; parce qu'il est miraculeux de voir, par son moyen, gagner des sommes tellement considérables que ces gains tiennent du miracle.

JEU DES PLANÈTES.

Les sept planètes ont chacune un ou deux numéros de prédilection, savoir :

Le Soleil.	10	
La Lune.	7	
Mars.	9	90
Mercure.	4	40
Jupiter.	6	60
Vénus	8	80
Saturne	5	50

Ce jeu a beaucoup d'analogie avec les précédens, et il doit se jouer de même ; seulement, au lieu de le combiner avec les diverses cabales rapportées dans ce livre, on doit joindre aux numéros des planètes ceux de la lettre initiale de son nom de baptême (*Voyez* p. 171), et en former des ambes et des ternes.

Pour bien opérer, il convient de savoir que les mois de l'année sont influencés comme suit :

Janvier	par Saturne	sous le N°	5.
Février	— Jupiter	sous le N°	6.
Mars	— Mars	sous le N°	9.
Avril	— Vénus	sous le N°	8.
Mai	— Mercure	sous le N°	4.
Juin	— Lune	sous le N°	7.
Juillet	— Soleil	sous le N°	10.
Août	— Mercure	sous le N°	40.
Septembre	— Vénus	sous le N°	80.
Octobre	— Mars	sous le N°	90.
Novembre	— Jupiter	sous le N°	60.
Décembre	— Saturne	sous le N°	50.

Ce jeu n'est pas moins profitable que les précédens.

P 3

TABLEAU DES TIRAGES DE PARIS.

Année 1818.

5 Janvier	23	46	40	79	74
15 Janvier	57	74	44	9	37
25 Janvier	49	61	19	40	88
5 Février	10	46	83	3	7
15 Février	75	5	42	88	77
25 Février	24	44	6	19	21
5 Mars	65	18	21	50	43
15 Mars	52	8	46	2	58
25 Mars	86	57	54	67	60
5 Avril	37	36	41	4	51
15 Avril	78	41	58	87	12
25 Avril	72	56	82	22	61
5 Mai	9	44	6	22	2
15 Mai	40	18	20	23	63
5 Mai	17	66	20	81	69
5 Juin	24	57	89	65	76
15 Juin	69	62	47	12	57
25 Juin	26	9	24	75	69
5 Juillet	29	67	86	80	85
15 Juillet	81	28	71	84	80
25 Juillet	29	56	12	18	22
5 Août	54	46	53	7	81
15 Août	71	50	48	8	81
25 Août	70	25	86	6	52
5 Septembre	9	62	82	73	15
15 Septembre	60	1	56	57	20
25 Septembre	88	48	75	28	68
5 Octobre	78	17	83	88	10
15 Octobre	45	10	56	79	20
25 Octobre	71	68	56	57	15
5 Novembre	22	45	60	17	24
15 Novembre	75	68	84	48	85
25 Novembre	16	57	85	48	22

TABLEAU DES TIRAGES DE LYON.

ANNÉE 1818.

9 Janvier	·	·	·	32	76	1	12	2
19 Janvier	·	·	·	81	30	61	74	5
29 Janvier	·	·	·	85	8	42	60	27
9 Février	·	·	·	3	8	13	57	20
19 Février	·	·	·	1	42	72	51	45
28 Février	·	·	·	50	87	28	65	8
9 Mars	·	·	·	58	30	48	9	71
19 Mars	·	·	·	5	53	40	82	13
29 Mars	·	·	·	81	1	65	61	57
9 Avril	·	·	·	54	18	7	43	3
19 Avril	·	·	·	69	50	77	5	10
29 Avril	·	·	·	2	33	23	77	49
9 Mai	·	·	·	43	54	16	20	48
19 Mai	·	·	·	58	54	50	40	19
29 Mai	·	·	·	29	14	23	18	67
9 Juin	·	·	·	59	23	40	15	71
19 Juin	·	·	·	78	45	52	4	35
29 Juin	·	·	·	55	47	60	15	49
9 Juillet	·	·	·	58	54	75	49	31
19 Juillet	·	·	·	75	52	56	13	60
29 Juillet	·	·	·	58	39	90	85	56
9 Août	·	·	·	9	11	19	43	42
19 Août	·	·	·	17	55	12	65	60
29 Août	·	·	·	65	54	76	70	21
9 Septembre	·	·	·	46	14	26	52	85
19 Septembre	·	·	·	59	16	75	56	29
29 Septembre	·	·	·	15	57	24	44	35
9 Octobre	·	·	·	20	51	42	64	84
19 Octobre	·	·	·	78	55	36	25	49
29 Octobre	·	·	·	19	8	88	60	73
9 Novembre	·	·	·	63	57	49	80	71
19 Novembre	·	·	·	76	26	20	72	35
29 Novembre	·	·	·	59	1	56	51	88

5 Décembre	.	.	.	70	59	49	57	42
15 Décembre	.	.	.	51	63	14	18	49
25 Décembre	.	.	.	12	74	59	28	55

ANNÉE 1819.

5 Janvier	.	.	.	72	83	74	40	20
15 Janvier	.	.	.	68	90	65	82	72
25 Janvier	.	.	.	68	77	43	41	11
5 Février	.	,	.	53	52	81	31	34
15 Février	.	.	.	88	51	64	84	61
25 Février	.	.	.	5	1	52	87	15
5 Mars	.	.	.	57	86	72	65	5
15 Mars	.	.	.	61	5	40	24	74
25 Mars	.	.	.	29	51	63	68	8
5 Avril	.	.	.	49	86	29	41	10
15 Avril	.	.	.	41	26	54	8	87
25 Avril	.	.	.	11	69	21	60	48
5 Mai	.	.	.	56	87	52	24	50
15 Mai	.	.	.	18	86	53	80	61
25 Mai	.	.	.	2	74	41	11	15
5 Juin	.	.	.	57	76	11	15	71
15 Juin	.	.	.	10	76	84	5	18
25 Juin	.	.	.	50	56	79	19	24
5 Juillet	.	.	.	76	88	52	73	44
15 Juillet	.	.	.	9	56	55	85	21
25 Juillet	.	.	.	64	46	22	88	52
5 Août	.	.	.	86	90	6	58	68
15 Août	.	.	.	47	10	44	62	40
25 Août	.	.	.	2	28	35	48	59
5 Septembre	.	.	.	20	57	14	22	35
15 Septembre	.	.	,	87	54	29	54	12
25 Septembre	.	.	.	66	8	54	12	75
5 Octobre	.	.	.	58	25	65	48	76
15 Octobre	.	.	.	86	5	50	57	60
25 Octobre	.	.	.	8	65	6	18	80
5 Novembre	.	.	.	28	74	71	52	9
15 Novembre	.	.	.	28	43	5	51	19
25 Novembre	.	.	.	42	79	47	36	29
5 Décembre	.	.	.	80	87	25	70	90

9 Décembre . . .	51	23	12	52	19
19 Décembre . . .	44	64	11	52	17
29 Décembre . . .	21	45	27	87	1

Année 1819.

9 Janvier . . .	19	78	23	3	67
19 Janvier . . .	36	66	4	54	59
29 Janvier . . .	82	10	75	23	35
9 Février . . .	62	1	87	10	75
19 Février . . .	87	25	46	55	6
29 Février . . .	17	69	48	58	79
9 Mars . . .	72	54	14	4	55
19 Mars . . .	83	86	55	84	17
29 Mars . . .	33	26	64	63	37
9 Avril . . .	19	9	42	86	56
19 Avril . . .	54	11	16	88	56
29 Avril . . .	71	76	49	77	42
9 Mai . . .	64	18	53	61	57
19 Mai . . .	58	78	73	68	18
29 Mai . . .	55	34	84	64	16
9 Juin . . .	19	90	69	14	75
19 Juin . . .	45	27	28	5	45
29 Juin . . .	75	9	40	23	49
9 Juillet . . .	21	43	69	72	65
19 Juillet . . .	68	59	14	19	5
29 Juillet . . .	51	14	47	21	27
9 Août . . .	85	41	61	44	57
19 Août . . .	39	75	29	24	54
29 Août . . .	5	82	28	78	74
9 Septembre . . .	9	79	38	40	20
19 Septembre . . .	55	89	47	83	54
29 Septembre . . .	83	15	51	24	8
9 Octobre . . .	69	60	85	87	83
19 Octobre . . .	14	65	58	41	88
29 Octobre . . .	84	89	16	42	23
9 Novembre . . .	4	39	41	76	68
19 Novembre . . .	11	73	51	9	87
29 Novembre . . .	26	57	55	6	52
9 Décembre . . .	51	1	48	60	73

15 Décembre	.	.	.	48	50	80	14	54
25 Décembre	.	.	.	65	78	86	69	3

ANNÉE 1820.

5 Janvier	.	.	.	75	21	79	48	54
15 Janvier	.	.	.	65	75	65	79	78
25 Janvier	.	.	.	48	40	72	54	6
5 Février	.	.	.	62	29	17	25	18
15 Février	.	.	.	39	70	23	5	18
25 Février	.	.	.	50	57	62	90	88
5 Mars	.	.	.	56	56	35	85	14
15 Mars	.	.	.	80	64	13	61	29
25 Mars	.	.	.	68	51	58	7	49
5 Avril	.	.	.	54	61	53	40	28
15 Avril	.	.	.	66	85	86	50	75
25 Avril	.	.	.	74	34	56	31	53
5 Mai	.	.	.	72	19	63	46	79
15 Mai	.	.	.	75	42	5	81	15
25 Mai	.	.	.	85	14	43	9	52
5 Juin	.	.	.	78	29	68	17	49
15 Juin	.	.	.	1	81	38	26	51
25 Juin	.	.	.	87	60	68	54	47
5 Juillet	.	.	.	90	5	21	57	69
15 Juillet	.	.	.	67	84	58	47	33
25 Juillet	.	.	.	55	69	36	50	46
5 Août	.	.	.	25	56	61	56	77
15 Août	.	.	,	89	84	36	51	77
25 Août	.	.	.	10	56	42	14	50
5 Septembre	.	.	.	62	17	78	10	71
15 Septembre	.	.	.	56	47	85	50	56
25 Septembre	.	.	.	71	55	69	28	67
5 Octobre	.	.	.	25	72	51	14	45
15 Octobre	.	.	.	70	89	11	25	87
25 Octobre	.	.	.	59	59	76	51	78
5 Novembre	.	.	.	88	29	78	51	90
15 Novembre	.	.	.	90	51	82	55	51
25 Novembre	.	.	.	17	5	22	25	59
5 Décembre	.	.	.	57	45	4	67	86
15 Décembre	.	.	.	29	19	26	77	57
25 Décembre	.	.	.	18	45	65	22	19

9 Décembre	.	.	.	10	20	75	33	47
19 Décembre	.	.	.	18	4	61	7	42

Année 1820.

9 Janvier	.	.	.	21	25	84	90	36
19 Janvier	.	.	.	52	6	16	78	21
29 Janvier	.	.	.	84	12	75	1	34
9 Février	.	.	.	33	19	78	9	46
19 Février	.	:	.	63	88	77	44	51
29 Février	.	.	.	52	65	59	73	45
9 Mars	.	.	.	45	88	55	8	31
19 Mars	.	.	.	3	16	12	60	65
29 Mars	.	.	,	76	55	3	64	90
9 Avril	.	.	.	15	79	66	46	39
19 Avril	.	.	.	88	85	55	23	22
29 Avril	.	.	.	28	41	72	89	36
9 Mai	.	.	.	8	57	48	9	5
19 Mai	.	.	.	52	54	43	1	14
29 Mai	.	.	.	10	66	87	32	46
9 Juin	.	.	.	22	59	77	43	27
19 Juin	.	.	.	79	4	2	18	30
29 Juin	.	.	.	82	56	12	59	67
9 Juillet	.	.	.	88	49	57	82	15
19 Juillet	.	.	.	15	59	79	85	82
29 Juillet	.	.	.	55	90	16	64	79
9 Août	.	.	.	39	2	42	64	33
19 Août	.	.	.	15	11	55	77	90
29 Août	.	.	.	55	78	9	19	46
9 Septembre	.	.	.	3	4	85	54	70
19 Septembre	.	.	.	58	89	6	42	55
29 Septembre	.	.	.	55	20	56	11	48
9 Octobre	.	.	.	81	17	22	41	58
19 Octobre	.	.	.	58	51	85	56	7
29 Octobre	.	.	.	12	75	86	22	81
9 Novembre	.	.	.	72	65	87	12	67
19 Novembre	.	.	.	46	8	41	57	35
29 Novembre	.	.	.	24	47	85	64	27
9 Décembre	.	.	.	21	10	18	54	51
19 Décembre	.	.	.	58	79	86	80	51
29 Décembre	.	.	.	52	17	20	77	37

Année 1821.

5 Janvier	.	9	90	52	65	66
15 Janvier	.	18	80	24	25	36
25 Janvier	.	17	74	12	56	50
5 Février	.	37	34	7	17	35
15 Février	.	25	27	26	80	12
25 Février	.	35	77	31	40	49
5 Mars	.	75	71	76	44	74
15 Mars	.	14	39	86	15	26
25 Mars	.	21	66	13	80	44
5 Avril	.	62	23	77	21	52
15 Avril	.	14	12	68	54	85
25 Avril	.	68	61	80	70	88
5 Mai	.	54	77	9	64	72
15 Mai	.	6	13	85	25	56
25 Mai	.	16	78	9	65	1
5 Juin	.	80	15	71	17	54
15 Juin	.	19	37	54	85	70
25 Juin	.	17	18	44	11	66
5 Juillet	.	8	46	16	64	15
15 Juillet	.	6	37	25	59	27
25 Juillet	.	18	70	2	26	86
5 Août	.	44	5	80	40	57
15 Août	.	60	84	50	52	77
25 Août	.	14	8	45	25	58
5 Septembre	.	26	48	49	55	24
15 Septembre	.	44	64	36	25	5
25 Septembre	.	46	60	2	48	45
5 Octobre	.	45	32	2	43	1
15 Octobre	.	43	2	9	52	56
25 Octobre	.	79	46	80	58	73
5 Novembre	.	84	51	25	10	5
15 Novembre	.	47	85	87	4	90
25 Novembre	.	29	47	66	39	54
5 Décembre	.	17	6	3	65	16
15 Décembre	.	67	15	25	10	56
25 Décembre	.	19	3	20	17	49

Année 1821.

9 Janvier	. . .	55	16	60	19	58
19 Janvier	. . .	3	18	72	52	13
29 Janvier	. . .	29	21	12	57	55
9 Février	. . .	59	78	76	50	58
19 Février	. . .	59	52	82	61	56
29 Février	. . .	82	22	59	10	23
9 Mars	. . .	29	48	14	12	5
19 Mars	. . .	44	4	62	89	81
29 Mars	. . .	10	17	70	25	87
9 Avril	. . .	13	52	82	51	22
19 Avril	. . .	51	87	16	49	35
29 Avril	. . .	40	4	88	48	43
9 Mai	. . .	46	11	89	55	58
19 Mai	. . .	55	56	61	4	42
29 Mai	. . .	65	80	45	24	8
9 Juin	. . .	52	9	50	50	72
19 Juin	. . .	79	59	68	22	51
29 Juin	. . .	14	68	21	70	84
9 Juillet	. . .	59	26	6	78	64
19 Juillet	. . .	12	14	25	78	17
29 Juillet	. . .	12	13	58	89	57
9 Août	. . .	77	21	15	16	73
19 Août	. . .	51	21	72	6	88
29 Août	. . .	49	6	9	87	80
9 Septembre	. . .	13	68	77	26	29
19 Septembre	. . .	4	63	11	69	85
29 Septembre	. . .	90	50	49	57	85
9 Octobre	. . .	84	61	43	53	69
19 Octobre	. . .	13	64	43	53	25
29 Octobre	. . .	86	15	18	8	51
9 Novembre	. . .	29	24	75	55	3
19 Novembre	. . .	87	58	56	2	50
29 Novembre	. . .	75	9	63	33	71
9 Décembre	. . .	2	14	35	71	80
19 Décembre	. . .	47	80	75	56	19
29 Décembre	. . .	48	11	56	52	62

Q

Année 1822.

5 Janvier	. . .	10	39	9	71	14
15 Janvier	. . .	15	78	29	53	42
25 Janvier	. . .	23	17	28	27	25
5 Février	. . .	26	81	84	89	21
15 Février	. . .	81	59	52	10	46
25 Février	. . .	45	62	54	69	66
5 Mars	. . .	23	1	90	74	17
15 Mars	. . .	2	90	80	27	57
25 Mars	. . .	8	12	52	34	42
5 Avril	. . .	60	35	71	2	7
15 Avril	. . .	80	45	65	62	55
25 Avril	. . .	35	12	82	14	80
5 Mai	. . .	3	70	58	49	60
15 Mai	. . .	38	18	24	77	84
25 Mai	. . .	90	15	55	15	4
5 Juin	. . .	51	66	21	19	25
15 Juin	. . .	85	89	22	82	1
25 Juin	. . .	84	60	48	75	4
5 Juillet	. . .	3	84	83	31	90
15 Juillet	. . .	71	5	12	28	16
25 Juillet	. . .	88	90	55	27	76
5 Août	. . .	22	7	8	42	58
15 Août	. . .	45	16	74	40	25
25 Août	. . .	41	45	78	54	25
5 Septembre	. . .	49	23	11	27	6
15 Septembre	. . .	54	79	8	4	67
25 Septembre	. . .	76	55	50	41	26
5 Octobre	. . .	1	13	68	7	45
15 Octobre	. . .	14	74	35	49	65
25 Octobre	. . .	55	70	68	10	75
5 Novembre	. . .	40	59	6	46	85
15 Novembre	. . .	74	9	75	86	88
25 Novembre	. . .	22	61	42	55	55
5 Décembre	. . .	88	15	69	44	51
15 Décembre	. . .	54	86	45	52	39
25 Décembre	. . .	87	29	45	50	1

Année 1822.

9 Janvier	.	.	.	59	42	35	74	65
19 Janvier	.	.	.	71	11	50	21	69
29 Janvier	.	.	.	39	51	55	77	68
9 Février	.	.	.	12	60	29	8	21
19 Février	.	.	.	5	84	80	63	69
29 Février	.	.	.	33	13	78	49	36
9 Mars	.	.	.	2	63	5	14	54
19 Mars	.	.	.	26	73	71	87	24
29 Mars	.	.	.	8	66	85	16	84
9 Avril	.	.	.	38	76	72	67	13
19 Avril	.	.	.	1	76	79	85	86
29 Avril	.	.	.	21	76	41	42	50
9 Mai	.	.	.	44	36	51	14	4
19 Mai	.	.	.	51	18	43	17	47
29 Mai	.	.	.	11	27	3	85	72
9 Juin	.	.	.	81	22	73	40	14
19 Juin	.	.	.	14	79	73	11	77
29 Juin	.	.	.	47	69	74	52	15
9 Juillet	.	.	.	19	81	39	42	72
19 Juillet	.	.	.	50	61	68	52	56
29 Juillet	.	.	.	5	53	17	66	20
9 Août	.	.	.	26	28	59	55	49
19 Août	.	.	.	4	88	20	10	71
29 Août	.	.	.	54	24	56	43	88
9 Septembre	.	.	.	49	80	28	15	82
19 Septembre	.	.	.	59	14	55	51	52
29 Septembre	.	.	.	51	52	27	90	25
9 Octobre	.	.	.	5	18	80	70	58
19 Octobre	.	.	.	14	26	66	65	77
29 Octobre	.	.	.	64	44	68	85	29
9 Novembre	.	.	.	18	45	82	90	44
19 Novembre	.	.	.	43	10	18	30	67
29 Novembre	.	.	.	60	28	7	21	10
9 Décembre	.	.	.	5	9	82	62	14
19 Décembre	.	.	.	52	79	52	61	13
29 Décembre	.	.	.	87	1	51	18	27

Q 2

ANNÉE 1823.

5 Janvier	. . .	55	3o	76	50	8
15 Janvier	. . .	6	33	58	65	1
25 Janvier	. . .	74	68	52	41	57
5 Février	. . .	41	3o	6	68	4
15 Février	. . .	11	5	53	17	86
25 Février	. . .	10	3	65	29	88
5 Mars	. . .	22	9	79	47	69
15 Mars	. . .	56	14	11	45	40
25 Mars	. . .	55	61	90	14	85
5 Avril	. . .	48	10	53	28	13
15 Avril	. . .	2	54	66	55	73
25 Avril	. . .	17	67	56	18	44
5 Mai	. . .	69	31	22	68	12
15 Mai	. . .	23	73	76	43	42
25 Mai	. . .	5o	44	19	21	15
5 Juin	. . .	52	42	81	2	67
15 Juin	. . .	68	25	33	67	36
25 Juin	. . .	85	25	8o	59	1
5 Juillet	. . .	65	27	2	26	18
15 Juillet	. . .	6o	86	11	64	74
25 Juillet	. . .	85	25	32	54	28
5 Août	. . .	76	11	10	9	16
15 Août	. . .	54	65	34	83	23
25 Août	. . .	24	57	35	9	5
5 Septembre	. . .	4	2	47	8o	14
15 Septembre	. . .	7o	46	55	6	11
25 Septembre	. . .	25	12	4	28	68
5 Octobre	. . .	31	88	9	27	59
15 Octobre	. . .	84	10	22	79	5
25 Octobre	. . .	22	58	47	53	77
5 Novembre	. . .	78	5	6	7	64
15 Novembre	. . .	5o	12	71	89	8o
25 Novembre	. . .	86	42	88	51	61
5 Décembre	. . .	85	49	53	55	10
15 Décembre	. . .	85	6o	71	78	52
25 Décembre	. . .	44	76	79	1	75

ANNÉE 1823.

9 Janvier	. . .	59	67	45	24	47
19 Janvier	. . .	25	49	83	85	15
29 Janvier	. . .	44	10	65	72	65
9 Février	. . .	55	24	11	74	66
19 Février	. . .	49	36	4	54	46
28 Février	. . .	10	63	77	35	80
9 Mars	. . .	30	85	87	26	54
19 Mars	. . .	89	7	45	56	34
29 Mars	. . .	72	14	5	61	56
9 Avril	. . .	28	27	44	69	15
19 Avril	. . .	89	77	87	71	66
29 Avril	. . .	19	48	5	55	51
9 Mai	. . .	8	54	78	48	84
19 Mai	. . .	40	2	71	16	69
29 Mai	. . .	1	17	40	71	15
9 Juin	. . .	85	41	5	10	53
19 Juin	. . .	18	26	65	11	67
29 Juin	. . .	51	47	45	40	20
9 Juillet	. . .	20	57	54	86	69
19 Juillet	. . .	14	85	57	20	16
29 Juillet	. . .	90	52	57	89	15
9 Août	. . .	69	4	41	28	51
19 Août	. . .	87	27	10	54	9
29 Août	. . .	51	54	60	47	23
9 Septembre	. . .	90	5	84	57	75
19 Septembre	. . .	2	41	55	23	9
29 Septembre	. . .	89	11	51	79	20
9 Octobre	. . .	22	64	21	67	90
19 Octobre	. . .	75	78	1	45	25
29 Octobre	. . .	65	71	86	68	25
9 Novembre	. . .	89	56	82	55	39
19 Novembre	. . .	30	48	2	56	76
29 Novembre	. . .	9	34	54	25	75
9 Décembre	. . .	90	57	50	59	1
19 Décembre	. . .	14	57	55	19	23
29 Décembre	. . .	78	90	64	25	51

Q 3

Année 1824.

5 Janvier	.	.	/	8	58	76	56	18
15 Janvier	.	.	.	55	22	13	44	75
25 Janvier	.	.	.	18	81	5	41	41
5 Février	.	,	.	18	52	62	24	78
15 Février	.	.	.	2	53	55	17	7
25 Février	.	.	.	90	78	1	56	77
5 Mars	.	.	.	56	65	15	22	45
15 Mars	.	.	.	25	70	45	6	12
25 Mars	.	.	.	24	15	40	25	85
5 Avril	.	.	.	56	25	26	77	14
15 Avril	.	.	.	42	54	71	46	90
25 Avril	.	.	.	19	87	41	85	78
5 Mai	.	.	.	44	24	90	55	62
15 Mai	.	.	.	29	20	54	5	68
25 Mai	.	.	.	72	62	87	41	22
5 Juin	.	.	.	52	69	56	72	12
15 Juin	.	.	.	76	61	26	40	90
25 Juin	.	.	.	24	4	15	28	82
5 Juillet	.	.	.	50	49	65	81	69
15 Juillet	.	.	.	64	69	38	60	66
25 Juillet	.	.	.	75	76	88	90	26
5 Août	.	.	.	22	27	68	85	48
15 Août	.	.	.	59	7	67	89	72
25 Août	.	.	.	60	65	15	26	20
5 Septembre	.	.	.	41	20	15	80	47
15 Septembre	.	.	.	11	56	44	90	50
25 Septembre	.	.	.	69	5	5	55	89
5 Octobre	.	.	.	-48	62	78	69	86
15 Octobre	.	.	.	26	5	14	12	45
25 Octobre	.	.	.	24	5	41	54	75
5 Novembre	.	.	.	58	16	25	55	14
15 Novembre	.	.	.	58	74	55	5	40
25 Novembre	.	.	.	70	22	26	50	57
5 Décembre	.	.	.	14	86	40	45	56
15 Décembre	.	.	.	58	81	52	7	15
25 Décembre	.	.	.	25	80	51	74	85

Année 1824.

9 Janvier	.	.	.	5	50	85	64	69
19 Janvier	.	.	.	11	5	48	83	32
29 Janvier	.	.	.	41	4	37	65	28
9 Février	.	.	.	79	49	43	51	1
19 Février	.	.	.	23	66	29	13	80
29 Février	.	.	.	52	64	2	67	77
9 Mars	.	.	.	82	11	35	7	28
19 Mars	.	.	.	86	75	44	78	50
29 Mars	.	.	.	58	86	26	87	66
9 Avril	.	.	.	24	69	66	76	51
19 Avril	.	.	.	51	59	37	65	58
29 Avril	.	.	.	50	72	15	79	61
9 Mai	.	.	.	69	11	35	71	65
19 Mai	.	.	.	60	70	75	51	65
29 Mai	.	.	.	2	9	70	26	39
9 Juin	.	.	.	3	34	12	19	52
19 Juin	.	.	.	10	14	24	55	49
29 Juin	.	.	.	88	90	79	50	57
9 Juillet	.	.	.	74	76	77	19	32
19 Juillet	.	.	.	61	10	72	25	71
29 Juillet	.	.	.	9	24	72	25	57
9 Août	.	.	.	52	82	8	6	49
19 Août	.	.	.	62	52	79	21	86
29 Août	.	.	.	37	53	45	68	49
9 Septembre	.	.	.	5	19	4	58	36
19 Septembre	.	.	.	67	85	80	70	76
29 Septembre	.	.	.	1	69	83	44	25
9 Octobre	.	.	.	3	1	16	6	5
19 Octobre	.	.	.	41	5	71	54	14
29 Octobre	.	.	.	40	51	57	6	21
9 Novembre	.	.	.	56	66	75	52	12
19 Novembre	.	.	.	85	88	10	13	60
29 Novembre	.	.	.	52	47	56	28	78
9 Décembre	.	.	.	88	46	84	74	82
19 Décembre	.	.	.	56	82	9	55	68
29 Décembre	.	.	.	68	64	74	89	76

ANNÉE 1825.

5 Janvier	.	.	.	61	4	25	1	71
15 Janvier	.	.	.	11	41	58	20	87
25 Janvier	.	.	.	78	57	69	75	55
5 Février	.	.	.	10	26	46	52	89
15 Février	.	.	.	54	89	9	7	45
25 Février	.	.	.	84	25	51	65	14
5 Mars	.	.	.	65	52	21	88	78
15 Mars	.	.	.	58	47	52	50	86
25 Mars	.	.	.	45	65	54	69	16
5 Avril	.	.	.	60	58	61	58	57
15 Avril	.	.	.	36	57	29	69	52
25 Avril	.	.	.	55	65	18	65	11
5 Mai	.	.	.	14	57	20	75	71
15 Mai	.	.	.	75	35	53	19	45
25 Mai	.	.	.	45	51	21	64	65
5 Juin	.	.	.	74	52	14	77	42
15 Juin	.	.	.	58	55	22	55	52
25 Juin	.	.	.	28	82	26	9	42
5 Juillet	.	.	.	66	11	10	79	55
15 Juillet	.	.	.	84	44	54	48	5
25 Juillet	.	.	.	79	84	78	66	88
5 Août	.	.	.	51	85	7	72	6
15 Août	.	.	,	87	66	9	55	52
25 Août	.	.	.	51	16	59	15	90
5 Septembre	.	.	.	59	4	18	78	50
15 Septembre	.	.	.	12	85	90	5	87
25 Septembre	.	.	.	54	5	29	69	90
5 Octobre	.	.	.	56	57	55	47	35
15 Octobre	.	.	.	64	75	82	57	50
25 Octobre	.	.	.	27	8	59	56	72
5 Novembre	.	.	.	80	13	89	52	56
15 Novembre	.	.	.	21	12	72	45	50
25 Novembre	.	.	.	88	19	55	90	62
5 Décembre	.	.	.	17	65	8	14	65
15 Décembre	.	.	.	81	52	5	21	23
25 Décembre	.	.	.	40	57	11	9	51

Année 1825.

9 Janvier	.	.	.	56	49	79	41	8
19 Janvier	.	.	.	54	84	67	29	9
29 Janvier	.	.	.	45	72	57	55	67
9 Février	.	.	.	22	60	2	14	57
19 Février	.	.	.	54	88	8	71	25
28 Février	.	.	.	56	90	21	35	19
9 Mars	.	.	.	20	14	54	56	57
19 Mars	.	.	.	4	62	66	80	89
29 Mars	.	.	.	47	89	15	85	6
9 Avril	.	.	.	49	57	77	64	9
19 Avril	.	.	.	59	61	50	77	55
29 Avril	.	.	.	80	75	58	26	54
9 Mai	.	.	.	72	8	17	78	55
19 Mai	.	.	.	55	42	81	79	30
29 Mai	.	.	.	17	89	87	15	81
9 Juin	.	.	.	62	42	21	53	54
19 Juin	.	.	.	14	90	67	68	24
29 Juin	.	.	.	49	15	89	56	81
9 Juillet	.	.	.	79	65	83	74	84
19 Juillet	.	.	.	55	14	85	53	78
29 Juillet	.	.	.	70	86	79	19	30
9 Août	.	.	.	76	16	28	52	2
19 Août	.	.	.	6	75	71	72	59
29 Août	.	.	.	6	79	55	29	77
9 Septembre	.	.	.	45	1	65	72	46
19 Septembre	.	.	.	81	5	19	6	58
29 Septembre	.	.	.	6	45	44	15	17
9 Octobre	.	.	.	50	67	56	78	41
19 Octobre	.	.	.	64	85	71	66	74
29 Octobre	.	.	.	22	42	71	25	51
9 Novembre	.	.	.	78	25	77	41	59
19 Novembre	.	.	.	59	17	83	81	74
29 Novembre	.	.	.	1	56	11	90	14
9 Décembre	.	.	.	50	11	56	59	15
19 Décembre	.	.	.	78	58	82	46	1
29 Décembre	.	.	.	45	5	61	57	66

ANNÉE 1826.

5 Janvier	.	.	.	5	56	65	16	79
15 Janvier	.	.	.	51	65	25	85	6
25 Janvier	.	.	.	15	88	26	16	62
5 Février	.	.	.	52	46	77	87°	82
15 Février	.	.	.	1	34	48	8	75
25 Février	.	.	.	71	38	44	6	14
5 Mars	.	.	.	45	9	76	48	88
15 Mars	.	.	.	87	59	16	58	54
25 Mars	.	.	.	65	59	22	51	82
5 Avril	.	.	.	15	50	63	18	85
15 Avril	.	.	.	51	71	26	12	42
25 Avril	.	.	.	5	88	68	47	18
5 Mai	.	.	.	81	57	73	54	85
15 Mai	.	.	.	12	80	59	16	54
25 Mai	.	.	.	61	55	82	77	29
5 Juin	.	.	.	61	51	7	56	82
15 Juin	.	.	.	71	22	17	45	8
25 Juin	.	.	.	87	44	59	62	56
5 Juillet	.	.	.	77	51	54	86	15
15 Juillet	.	.	.	85	56	25	55	49
25 Juillet	.	.	.	29	64	75	61	90
5 Août	.	.	.	75	14	55	2	72
15 Août	.	.	.	56	66	88	42	49
25 Août	.	.	.	7	55	56	14	58
5 Septembre	.	.	.	57	46	50	50	28
15 Septembre	.	.	.	22	88	14	27	52
25 Septembre	.	.	.	19	51	28	68	41
5 Octobre	.	.	.	10	68	7	55	62
15 Octobre	.	.	.	44	51	26	75	5
25 Octobre	.	.	.	56	56	84	35	11
5 Novembre	.	.	.	54	59	11	10	71
15 Novembre	.	.	.	52	56	82	16	62
25 Novembre	.	.	.	78	8	86	12	55
5 Décembre	.	.	.	90	50	40	11	58
15 Décembre	.	.	.	55	55	26	6	5
25 Décembre	.	.	.	65	54	90	56	42

ANNÉE 1826.

9 Janvier	.	.	.	50	79	60	29	59
19 Janvier	.	.	.	90	45	65	88	87
29 Janvier	.	.	.	63	15	64	5	28
9 Février	.	.	.	10	50	47	21	1
19 Février	.	.	.	55	42	44	5	28
29 Février	.	.	.	48	77	26	12	52
9 Mars	.	.	.	69	56	81	72	73
19 Mars	.	.	.	17	53	12	55	80
29 Mars	.	.	.	59	48	58	62	51
9 Avril	.	.	.	78	5	20	19	57
19 Avril	.	.	.	15	5	26	58	89
29 Avril	.	.	.	7	50	54	17	75
9 Mai	.	.	.	10	14	87	78	47
19 Mai	.	.	.	54	87	72	8	59
29 Mai	.	.	.	5	11	82	27	76
9 Juin	.	.	.	75	52	43	28	56
19 Juin	.	.	.	68	35	27	70	55
29 Juin	.	.	.	84	90	5	17	10
9 Juillet	.	.	.	26	89	85	77	59
19 Juillet	.	.	.	20	50	70	73	27
29 Juillet	.	.	.	26	63	9	78	61
9 Août	.	.	.	57	13	47	27	33
19 Août	.	.	.	21	71	51	69	67
29 Août	.	.	.	56	59	4	11	10
9 Septembre	.	.	.	68	3	6	10	25
19 Septembre	.	.	.	79	15	32	55	72
29 Septembre	.	.	.	49	72	88	20	70
9 Octobre	.	.	.	40	50	77	35	89
19 Octobre	.	.	.	25	43	68	63	15
29 Octobre	.	.	.	84	71	56	7	73
9 Novembre	.	.	.	25	47	70	61	49
19 Novembre	.	.	.	12	26	55	21	8
29 Novembre	.	.	.	75	8	85	77	60
9 Décembre	.	.	.	89	65	84	22	11
19 Décembre	.	.	.	61	42	85	57	46
29 Décembre	.	.	.	20	56	18	49	11

ANNÉE 1827.

				66	81	19	39	26
5 Janvier	.	.	.	66	81	19	39	26
15 Janvier	.	.	.	41	53	28	12	57
25 Janvier	.	.	.	52	88	29	62	14
5 Février	.	.	.	85	82	42	17	41
15 Février	.	.	.	76	75	65	22	21
25 Février	.	.	.	58	15	55	7	2
5 Mars	.	.	.	52	18	7	24	79
15 Mars	.	.	.	49	83	24	25	85
25 Mars	.	.	.	4	17	10	9	46
5 Avril	.	.	.	24	6	65	47	5
15 Avril	.	.	.	14	66	90	69	33
25 Avril	.	.	.	24	47	80	61	15
5 Mai	.	.	.	20	83	64	85	89
15 Mai	.	.	.	53	2	21	16	84
25 Mai	.	.	.	14	26	37	88	27
5 Juin	.	.	.	4	54	61	77	79
15 Juin	.	.	.	8	52	68	79	43
25 Juin	.	.	.	28	3	5	85	51
5 Juillet	.	.	.	13	10	54	80	72
15 Juillet	.	.	.	55	14	72	41	6
25 Juillet	.	.	.	90	85	51	58	22
5 Août	.	.	.	51	11	85	71	13
15 Août	.	.	.	54	55	71	65	62
25 Août	.	.	.	20	56	85	19	6
5 Septembre	.	.	.	38	54	50	64	5
15 Septembre	.	.	.	48	19	4	84	50
25 Septembre	.	.	.	26	17	50	40	85
5 Octobre	.	.	.	67	75	55	89	60
15 Octobre	.	.	.	75	18	68	8	42
25 Octobre	.	.	.	24	70	81	3	55
5 Novembre	.	.	.	50	55	26	58	71
15 Novembre	.	.	.	59	88	72	21	55
25 Novembre	.	.	.	67	80	51	10	68
5 Décembre	.	.	.	44	77	70	8	24
15 Décembre	.	.	.	28	35	2	54	46
25 Décembre	.	.	.	69	38	52	89	47

ANNÉE 1827.

9 Janvier	. . .	90	53	65	70	63
19 Janvier	. . .	43	58	57	7	42
29 Janvier	. . .	18	83	48	24	46
9 Février	. . .	14	6	4	27	64
19 Février	. . .	85	79	67	90	12
28 Février	. . .	56	21	24	38	76
9 Mars	. . .	33	26	67	6	8
19 Mars	. . .	61	65	82	23	36
29 Mars	. . .	9	36	75	88	85
9 Avril	. . .	11	53	76	22	62
19 Avril	. . .	25	29	60	42	5
29 Avril	. . .	45	70	90	88	18
9 Mai	. . .	29	46	62	54	18
19 Mai	. . .	67	29	73	49	89
29 Mai	. . .	4	44	26	64	18
9 Juin	. . .	18	37	27	31	78
19 Juin	. . .	21	54	86	90	85
29 Juin	. . .	81	23	82	78	51
9 Juillet	. . .	70	68	35	17	18
19 Juillet	. . .	71	51	75	56	42
29 Juillet	. . .	49	51	16	74	90
9 Août	. . .	27	16	78	29	9
19 Août	. . .	60	63	87	79	26
29 Août	. . .	72	85	50	60	40
9 Septembre	. . .	68	74	64	86	66
19 Septembre	. . .	75	8	39	44	51
29 Septembre	. . .	42	45	68	25	44
9 Octobre	. . .	11	26	2	49	16
19 Octobre	. . .	56	74	51	72	53
29 Octobre	. . .	47	15	8	80	37
9 Novembre	. . .	78	27	47	70	52
19 Novembre	. . .	90	43	84	71	41
29 Novembre	. . .	52	78	59	17	55
9 Décembre	. . .	26	29	84	69	71
19 Décembre	. . .	40	20	1	64	54
29 Décembre	. . .	55	54	77	84	17

R

Année 1828.

5 Janvier	.	.	.	80	59	1	60	75
15 Janvier	.	.	.	62	64	25	45	67
25 Janvier	.	.	.	6	36	59	14	87
5 Février	.	.	.	28	5	59	88	80
15 Février	.	.	.	70	82	43	5	66
25 Février	.	.	.	46	56	6	52	50
5 Mars	.	.	.	85	67	65	21	7
15 Mars	.	.	.	78	15	28	16	5
25 Mars	.	.	.	86	52	54	25	66
5 Avril	.	.	.	32	25	72	47	63
15 Avril	.	.	.	65	28	21	51	90
25 Avril	.	.	.	62	59	43	74	4
5 Mai	.	.	.	6	71	80	48	68
15 Mai	.	.	.	59	14	59	21	82
25 Mai	.	.	.	43	55	56	35	41
5 Juin	.	.	.	22	52	72	9	4
15 Juin	.	.	.	78	27	52	6	50
25 Juin	.	.	.	22	27	45	51	26
5 Juillet	.	.	.	15	86	26	25	1
15 Juillet	.	.	.	16	37	55	41	77
25 Juillet	.	.	.	41	90	70	52	7
5 Août	.	.	.	74	36	13	75	55
15 Août	.	.	.	62	53	25	58	13
25 Août	.	.	.	2	53	63	55	69
5 Septembre	.	.	.	40	25	77	8	50
15 Septembre	.	.	.	18	89	27	26	43
25 Septembre	.	.	.	22	77	16	75	55
5 Octobre	.	.	.	16	81	54	18	9
15 Octobre	.	.	.	86	84	77	60	71
25 Octobre	.	.	.	26	2	54	5	28
5 Novembre	.	.	.	57	29	70	79	16
15 Novembre	.	.	.	87	90	21	8	57
25 Novembre	.	.	.	76	14	41	6	8
5 Décembre	.	.	.	52	32	61	75	65
15 Décembre	.	.	.	55	24	18	15	56
25 Décembre	.	.	.	67	64	16	59	88

Année 1828.

9 Janvier	55	25	15	5	1
19 Janvier	67	21	60	18	15
29 Janvier	76	47	37	12	81
9 Février	18	13	85	75	14
19 Février	27	76	89	7	35
29 Février	61	43	74	76	26
9 Mars	18	68	65	11	19
19 Mars	50	29	6	77	45
29 Mars	54	55	80	16	69
9 Avril	52	5	58	28	12
19 Avril	55	85	71	30	82
29 Avril	66	71	70	72	74
9 Mai	67	63	3	12	24
19 Mai	45	51	85	25	10
29 Mai	21	62	24	69	82
9 Juin	53	45	60	5	17
19 Juin	48	50	90	49	78
29 Juin	60	19	62	88	5
9 Juillet	22	55	1	68	58
19 Juillet	5	52	78	65	47
29 Juillet	55	59	40	19	80
9 Août	11	55	28	85	50
19 Août	51	40	29	55	26
29 Août	40	56	20	56	41
9 Septembre	88	38	22	87	74
19 Septembre	2	28	29	58	65
29 Septembre	51	46	16	87	44
9 Octobre	75	25	42	12	7
19 Octobre	9	27	66	47	84
29 Octobre	46	67	42	59	58
9 Novembre	5	25	56	30	12
19 Novembre	46	21	59	8	64
29 Novembre	62	64	76	87	16
9 Décembre	22	89	18	65	51
19 Décembre	55	17	8	82	67
29 Décembre	58	54	58	78	77

Année 1829.

5 Janvier	.	.	.	27	25	59	6	13
15 Janvier	.	.	.	54	72	63	70	16
25 Janvier	.	.	.	64	59	12	24	14
5 Février	.	.	.	1	75	16	47	85
15 Février	.	.	.	7	36	26	42	44
25 Février	.	.	.	14	39	41	50	17
5 Mars	.	.	.	59	11	79	74	43
15 Mars	.	.	.	25	10	30	70	7
25 Mars	.	.	.	45	47	62	8	18
5 Avril	.	.	.	19	20	7	41	66
15 Avril	.	.	.	66	65	62	59	11
25 Avril	.	.	.	58	81	77	75	65
5 Mai	.	.	.	34	61	77	47	63
15 Mai	.	.	.	14	49	29	11	62
25 Mai	.	.	.	66	67	2	42	77
5 Juin	.	.	.	32	79	88	54	52
15 Juin	.	.	.	2	30	68	82	85
25 Juin	.	.	.	42	37	26	8	59
5 Juillet	.	.	.	23	34	45	28	58
15 Juillet	.	.	.	26	17	15	67	87
25 Juillet	.	.	.	5	30	83	8	67
5 Août	.	.	.	79	80	50	71	58
15 Août	.	.	.	17	1	81	3	14
25 Août	.	.	.	20	12	58	74	62
5 Septembre	.	.	.	17	55	90	33	67
15 Septembre	.	.	.	68	25	16	28	86
25 Septembre	.	.	.	20	56	57	41	40
5 Octobre	.	.	.	59	79	2	57	16
15 Octobre	.	.	.	3	43	79	23	86
25 Octobre	.	.	.	17	78	81	60	7
5 Novembre	.	.	.	65	19	25	29	16
15 Novembre	.	.	.	52	46	6	17	12
25 Novembre	.	.	.	71	80	61	70	28
5 Décembre	.	.	.	27	52	57	84	29
15 Décembre	.	.	.	69	84	22	21	60
25 Décembre	.	.	.	21	89	6	62	19

ANNÉE 1829.

9 Janvier	87	75	68	47	86
19 Janvier	47	35	20	75	12
29 Janvier	26	70	25	46	50
9 Février	23	28	37	48	44
19 Février	40	64	31	30	54
28 Février	73	6	71	3	90
9 Mars	76	77	70	53	79
19 Mars	62	24	38	70	49
29 Mars	88	36	84	2	16
9 Avril	48	84	58	23	1
19 Avril	53	57	1	40	90
29 Avril	87	8	12	68	85
9 Mai	21	50	44	76	70
19 Mai	55	65	11	47	67
29 Mai	34	25	85	6	57
9 Juin	70	20	64	85	25
19 Juin	59	90	57	84	49
29 Juin	51	85	77	21	1
9 Juillet	86	70	28	20	14
19 Juillet	74	51	67	76	87
29 Juillet	40	69	52	50	68
9 Août	8	58	85	4	22
19 Août	26	46	2	40	56
29 Août	53	57	66	41	80
9 Septembre	83	44	74	34	87
19 Septembre	78	51	70	68	84
29 Septembre	62	87	40	35	18
9 Octobre	6	77	76	31	30
19 Octobre	10	71	8	55	29
29 Octobre	11	52	80	28	76
9 Novembre	54	10	29	51	6
19 Novembre	12	1	51	46	85
29 Novembre	32	51	51	58	6
9 Décembre	57	6	53	46	77
19 Décembre	47	79	71	43	15
29 Décembre	42	6	12	14	78

R 5

Année 1830.

5 Janvier	5	68	66	65	76
15 Janvier	89	22	78	5	41
25 Janvier	63	7	62	79	80
5 Février	27	61	81	87	55
15 Février	37	84	4	56	12
25 Février	64	37	78	8	26
5 Mars	53	47	11	27	84
15 Mars	25	45	19	7	68
25 Mars	25	42	54	82	79
5 Avril	42	14	48	45	65
15 Avril	75	25	8	12	40
25 Avril	69	60	19	4	41
5 Mai	38	26	42	46	55
15 Mai	86	26	83	53	21
25 Mai	87	28	7	25	80
5 Juin	72	11	45	29	76
15 Juin	11	59	25	54	74
25 Juin	86	20	26	84	40
5 Juillet	75	51	6	79	29
15 Juillet	14	51	75	70	1
25 Juillet	56	55	66	8	58
5 Août	19	20	85	52	76
15 Août	84	59	11	90	1
25 Août	77	85	8	17	65
5 Septembre	42	66	90	7	18
15 Septembre	4	28	51	75	60
25 Septembre	67	80	79	52	4
5 Octobre	82	45	50	65	56
15 Octobre	80	15	58	28	24
25 Octobre	45	62	45	24	14
5 Novembre	47	60	46	56	26
15 Novembre	67	55	50	58	55
25 Novembre	15	72	80	56	6
5 Décembre	49	36	51	3	46
15 Décembre	5	81	19	61	10
25 Décembre	64	34	49	57	19

Année 1830.

9 Janvier	.	.	.	8	1	82	55	52
19 Janvier				76	67	44	46	18
29 Janvier				33	80	46	89	86
9 Février				27	15	85	59	80
19 Février				71	41	8	84	55
28 Février				11	43	49	27	7
9 Mars				15	71	46	20	1
19 Mars				81	51	20	46	74
29 Mars				71	12	83	38	86
9 Avril				25	2	16	64	57
19 Avril				59	1	69	75	64
29 Avril				65	7	81	16	43
9 Mai				56	63	55	67	78
19 Mai				31	20	29	8	42
29 Mai				89	22	4	8	61
9 Juin				22	82	68	16	17
19 Juin				84	64	60	71	4
29 Juin				59	11	9	58	47
9 Juillet				28	77	87	6	59
19 Juillet				42	12	49	48	56
29 Juillet				57	20	15	64	49
9 Août				21	74	60	25	54
19 Août				53	79	88	54	71
29 Août				54	15	28	2	20
9 Septembre				55	84	51	13	21
19 Septembre				55	51	30	3	5
29 Septembre				55	88	68	16	72
9 Octobre				47	84	63	5	74
19 Octobre				51	80	59	49	75
29 Octobre				74	71	55	49	44
9 Novembre				86	40	8	55	75
19 Novembre				24	71	57	16	49
29 Novembre				89	59	86	37	19
9 Décembre				88	62	2	4	47
19 Décembre				22	87	49	1	54
29 Décembre				84	30	37	72	85

ANNÉE 1831.

5 Janvier	.	.	.	2	23	82	74	8
15 Janvier	.	.	.	56	81	24	10	52
25 Janvier	.	.	.	86	1	75	78	51
5 Février	.	.	.	36	58	26	61	76
15 Février	.	.	.	65	6	71	57	64
25 Février	.	.	.	23	59	44	52	36
5 Mars	.	.	.	32	50	89	51	49
15 Mars	.	.	.	1	70	88	60	41
25 Mars	.	.	.	51	82	40	57	59
5 Avril	.	.	.	55	80	5	26	41
15 Avril	.	.	.	27	28	50	87	45
25 Avril	.	.	.	6	67	31	78	24
5 Mai	.	.	.	23	38	34	7	81
15 Mai	.	.	.	9	38	17	32	8
25 Mai	.	.	.	10	70	68	5	44
5 Juin	.	.	.	68	12	62	75	36
15 Juin	.	.	.	72	45	26	41	89
25 Juin	.	.	.	15	66	75	59	49
5 Juillet	.	.	.	62	82	70	87	49
15 Juillet	.	.	.	50	85	19	45	27
25 Juillet	.	.	.	28	15	57	54	84
5 Août	.	.	.	86	55	11	48	26
15 Août	.	.	.	59	82	25	50	80
25 Août	.	.	.	53	22	81	70	54
5 Septembre	.	.	.	74	65	72	2	69
15 Septembre	.	.	.	9	75	15	74	70
25 Septembre	.	.	.	85	51	85	26	51
5 Octobre	.	.	.	79	81	50	71	65
15 Octobre	.	.	.	62	65	44	14	22
25 Octobre	.	.	.	58	8	5	90	85
5 Novembre	.	.	.	53	22	51	28	47
15 Novembre	.	.	.	14	65	84	64	77
25 Novembre	.	.	.	81	14	56	57	11
5 Décembre	.	.	.	61	25	64	24	55
15 Décembre	.	.	.	59	54	80	40	23
25 Décembre	.	.	.	74	55	37	10	58

Année 1831.

9 Janvier	16	11	78	85	49
19 Janvier	53	88	27	25	56
29 Janvier	85	55	75	39	69
9 Février	54	26	42	67	85
19 Février	79	26	72	45	51
28 Février	64	59	65	20	28
9 Mars	23	48	21	11	2
19 Mars	29	90	46	72	57
29 Mars	68	42	6	69	45
9 Avril	60	41	38	61	25
19 Avril	69	50	63	61	57
29 Avril	12	90	59	4	22
9 Mai	25	48	77	74	49
19 Mai	68	74	82	89	25
29 Mai	42	81	10	76	51
9 Juin	39	18	43	65	3
19 Juin	7	60	76	23	20
29 Juin	79	51	10	54	82
9 Juillet	86	55	38	51	78
19 Juillet	11	10	75	6	74
29 Juillet	34	84	83	69	54
9 Août	11	44	5	36	55
19 Août	51	65	56	80	42
29 Août	22	8	15	7	17
9 Septembre	34	19	6	50	20
19 Septembre	15	51	34	50	57
29 Septembre	44	69	27	61	55
9 Octobre	86	60	55	15	62
19 Octobre	9	52	26	70	54
29 Octobre	89	28	29	21	14
9 Novembre	9	72	2	5	76
19 Novembre	54	89	26	28	58
29 Novembre	29	10	72	51	80
9 Décembre	62	50	86	70	76
19 Décembre	41	25	65	40	42
29 Décembre	41	46	74	61	64

ANNÉE 1832.

5 Janvier	.	.	59	55	37	38	10
15 Janvier	.	.	45	28	83	25	65
25 Janvier	.	.	51	70	15	77	81
5 Février	.	.	18	56	77	75	80
15 Février	.	.	9	1	24	51	52
25 Février	.	.	58	76	84	49	24
5 Mars	.	.	48	64	62	16	4
15 Mars	.	.	49	85	14	44	18
25 Mars	.	.	69	79	25	58	60
5 Avril	.	.	37	31	73	68	52
15 Avril	.	.	52	88	50	20	29
25 Avril	.	.	67	72	1	5	78
5 Mai	.	.	64	9	18	62	56
15 Mai	.	.	56	51	58	25	29
25 Mai	.	.	61	70	84	53	23
5 Juin	.	.	14	85	87	5	65
15 Juin	.	.	18	56	57	75	21
25 Juin	.	.	54	19	15	26	35
5 Juillet	.	.	74	60	50	7	87
15 Juillet	.	.	69	66	41	71	88
25 Juillet	.	.	54	15	77	26	59
5 Août	.	.	6	50	57	56	29
15 Août	.	.	72	40	5	68	38
25 Août	.	.	80	89	13	14	37
5 Septembre	.	.	50	29	57	77	15
15 Septembre	.	.					
25 Septembre	.	.					
5 Octobre	.	.					
15 Octobre	.	.					
25 Octobre	.	.					
5 Novembre	.	.					
15 Novembre	.	.					
25 Novembre	.	.					
5 Décembre	.	.					
15 Décembre	.	.					
25 Décembre	.	.					

Année 1832.

9 Janvier	88	48	10	46	71
19 Janvier	50	71	70	25	10
29 Janvier	55	89	8	20	69
9 Février	59	67	51	48	45
19 Février	88	46	85	77	82
29 Février	47	74	48	40	79
9 Mars	55	59	15	3	21
19 Mars	57	56	12	75	67
29 Mars	54	90	57	4	45
9 Avril	88	25	87	22	31
19 Avril	22	89	49	2	71
29 Avril	54	81	48	58	59
9 Mai	21	14	75	68	10
19 Mai	20	62	52	53	78
29 Mai	88	49	80	81	8
9 Juin	22	5	80	35	64
19 Juin	85	75	4	1	57
29 Juin	5	50	45	87	57
9 Juillet	19	41	1	59	61
19 Juillet	8	55	74	75	18
29 Juillet	58	22	50	53	66
9 Août	51	81	50	5	26
19 Août	68	41	17	24	57
29 Août	47	85	57	85	89
9 Septembre	52	68	14	85	22
19 Septembre					
29 Septembre					
9 Octobre					
19 Octobre					
29 Octobre					
9 Novembre					
19 Novembre					
29 Novembre					
9 Décembre					
19 Décembre					
29 Décembre					

TABLE.

Lyon. Impr. de D.-L AYNÉ, rue de l'Archevêché, No 3.

(Toute demande qui sera au-dessus de 100 fr., sera expédiée franco de port et d'emballage, et à six mois de terme).

ŒUVRES COMPLÈTES DE FÉNELON, archevêque de Cambrai, publiées d'après les manuscrits originaux et les éditions les plus correctes, avec un grand nombre de pièces inédites; 30 vol. in-8.º, y compris l'Histoire de Fénelon, par le cardinal DE BAUSSET, en 4 volumes. Cette édition ornée des portraits et *fac simile* de Fénelon et du cardinal de Bausset, est imprimée sur pap. superf. des Vosges, 3 fr. 50 c. le vol. — Papier vélin d'Annonay, 4 fr. 50 c. le vol. — Papier grand vélin dit cavalier, 6 fr. le vol.

HISTOIRE DE L'ÉGLISE, par BÉRAULT-BERCASTEL, nouvelle édition corrigée et augmentée de sa continuation depuis 1720 jusqu'à Léon XII, par M. PÉLIER DE LACROIX, chanoine de Chartres et aumônier de S. A. R. le prince de Condé, 16 vol. in-8.º, dont quatre volumes sont en vente. — 3 fr. 50 c. le vol.

BON USAGE de la logique dans l'étude de la religion, par le chanoine Alphonse MEZZARELLI, théologien de la Ste. Pénitencerie, 2 vol. in-12. — 2 fr. 25 c.

BREVIARIUM ROMANUM, 4 vol. in-12, papier fin collé, 12 fr. — Papier vélin, 16 fr. — 4 vol. in-18, grand papier fin collé, 9 fr. — 4 vol. in-18, grand papier vélin collé, 12 fr.

BREVIARIUM PARISIENSE, 4 vol. in-12, papier fin collé, 13 fr. — Papier vélin, 17 fr. — 4 vol. in-18, grand pap. fin collé, 10 fr. — 4 vol. in-18, grand papier vélin collé, 13 fr.

CATÉCHISME DU CONCILE DE TRENTE, traduction nouvelle avec des notes, par M. l'abbé DOXEY, professeur de philosophie au collège royal de Besançon, seconde édition revue et corrigée avec le plus grand soin, (sous presse pour paroître fin de Juin), 2 vol. in-8.º, papier fin, 8 fr. — Papier ordinaire, 7 fr.

CERTITUDE des preuves du Christianisme, ou Réfutation des Examens critiques de la religion chrétienne, par l'abbé BERGIER, 1 vol. in-8.º — 2 fr. 50 c.

CODES (les six) précédés de la Charte constitutionnelle, de lois et ordonnances sur la presse, d'une indication chronologique des lois qui ne sont pas traitées dans les six codes, d'un tableau des distances, etc., etc.; très-jolie édition in-18, grand raisin vélin, 2 fr. 25 c. — Papier superfin des Vosges, 1 fr. 50 c. — Papier ordinaire, 1 fr. 25 c.

CONCORDANCE des lois civiles et ecclésiastiques de France touchant le mariage, par M. BASTON, docteur de Sorbonne, 1 vol. in-12. — 2 fr. 50 c.

CONDUITE DES CONFESSEURS dans le tribunal de la Pénitence selon les Instructions de St. Charles Borromée et la Doctrine de St. François de Sales, suivie de la conduite des âmes, par DAOX, prêtre eudiste, nouv. édit., 1 vol. in-8.º, pap. fin, 3 fr. 50 c. le vol. — Papier ordinaire, 3 fr.

CONFÉRENCES ECCLÉSIASTIQUES DU DIOCÈSE D'ANGERS, seconde édition, publiée par M. GOSSET, professeur de théologie, et directeur du séminaire de Besançon, dédiée à Monseigneur le duc DE ROHAN, archevêque de Besançon, pair de France. 20 vol. in-8.º, pap. fin, 50 fr. — 20 vol. grand in-12, pap. fin, 40 fr. — Pap. ordin. des Vosges, 30 fr.

DÉISME (le) réfuté par lui-même, ou Examen en forme de lettres, des principes d'incrédulité répandus dans les divers ouvrages de J.-J. Rousseau, par l'abbé BERGIER. 1 vol. in-8.º — 2 fr. 50 c.

DÉSIRS ecclésiastiques, Introduction au sacerdoce, ou Introductions ecclésiastiques, méthodiques et suivies, tirées des Pères, des Conciles et des auteurs ecclésiastiques sur les saints ordres et sur les dispositions pour les bien recevoir; par F.-H. SEVOY, prêtre, nouvelle édition, 2 vol. in-8.º, papier fin, 7 fr. — Papier ordinaire, 6 fr.

DICTIONNAIRE DE THÉOLOGIE, par l'abbé BERGIER, nouvelle édition considérablement augmentée de notes extraites des plus célèbres apologistes de la Religion, par des directeurs du Séminaire de Besançon, 8 vol. in-8.º, pap. fin, 20 fr. — Pap. ordin. 17 fr.

DICTIONNAIRE DES CONCILES, suivi d'une collection des canons les plus remarquables, par ALLETZ, nouvelle édition augmentée d'une Analyse historique et critique des conciliabules nationaux, tenus par les constitutionnels en 1797 et 1801, et du concile de Paris, par l'abbé FILSJEAN, chanoine de la cathédrale de St.-Claude, 1 fort vol. in-8.º, 5 fr. — Le même ouvrage pris avec Bérault-Bercastel, 3 fr. 50 c.

DISCOURS dogmatiques et moraux, par M. COMTE, curé de Sainte-Croix, mis à la portée de tout le monde, et faisant voir la vérité dans son plus pur éclat, pour dissiper les ténèbres de la philosophie moderne, 2 forts vol. in-8.º, Paris, 1818. — 6 fr.

ERREURS de Voltaire, par l'abbé NONNOTTE, nouvelle édition, ornée du portrait de l'auteur, 3 vol. in-8.º, 1823. — 7 fr. 50 c.

ESSAI sur l'Éloquence de la chaire, Éloges, Discours, Panégyriques, y compris celui de Vincent de Paul, par le cardinal MAURY, précédés d'une notice sur sa vie et ses ouvrages, accompagnés de notes importantes, enrichis du portrait de l'auteur et d'un *fac*

www.ingramcontent.com/pod-product-compliance
Lightning Source LLC
Chambersburg PA
CBHW051826020726
47502CB00005B/1648